여섯 성이 사는 나라

dot.24 **구한나리**

여섯 성이 사는 나라   아작

toc.

1 기억 ___ 7

2 여행의 전날 ___ 15

3 가우리에서 태어나
   가람에서 자란 아이 ___ 56

4 숨기려고 했던 것,
   숨기려고 하지 않았던 것 ___ 76

5 초원의 아이가
   초원에 간 날 ___ 105

6 환란의 이름은 ___ 148

작가의 말 167

1

기억

 마치 꿈같다고, 여울은 생각했다.
 하늘은 맑았고, 바람이 기분 좋게 불어오는 가을 날씨였다. 사계절 중에 가장 짧은 계절, 집 앞을 흐르는 하천은 어제 내린 빗물로 한껏 강해진 물살로 흐르고 있었다. 조금 돌아가면 차도 사람도 다니기에 좋은 탄탄한 돌다리가 있었지만 여섯 살 여울은 집 앞으로 바로 이어진 작은 나무다리를 건너는 걸 좋아했다. 나무다리는 서로 다른 나무를 짜맞춘 무늬가 있어서 같은 색 나무만 디디며 걷는 게 여울은 좋았다. 그렇게 하천 한가운데까지 나무다리를 건널 때, 발을 삐끗하며 여울의 몸이 난간으로 기울었다. 문득 여울은 오늘 아침에 엄마가 했던 말을 떠올렸다.

― 나무다리 난간이 삭은 곳이 있어. 내일 수리할 거니까 그 전엔 난간에 절대 기대면 안 돼.

난간은 여울의 몸을 버티지 못하고 부서졌고, 여울은 그대로 하천으로 떨어졌다.

"여울아!"

여울이 건너는 걸 보고 있던 엄마가 놀라 달려오는 것이 보였다. 여울은 그대로 하천으로 떨어져 내렸다. 엄마가 너무 놀랐어, 빠지면 안 되는데. 엄마 울리면 안 되는데. 여울이 생각하는 그 짧은 순간, 하천에 흐르던 물이 순식간에 회오리치며 모여들더니 여울의 등을 받쳤다. 물이 손이라도 되는 것처럼 여울을 받치고 여울의 집 앞뜰에 조심스럽게 내려놓았다. 물은 금방 원래대로 돌아가 흐르기 시작했다. 여울은 멍한 표정으로 앞뜰에 앉아 물이 제자리로 돌아가는 걸 보고 있었다. 놀란 엄마가 옷이 다 젖은 채로 뛰어와 여울을 보고는, 와락 끌어안았다.

"여울아, 여울아."

"엄마, 물이, 개울이……."

"꿈이야. 여울아, 꿈이야."
엄마가 여울을 꼭 끌어안았다.

그날 밤 여울은 심하게 앓았다. 사흘간 열이 내리지 않았는데 병원에는 가지 않고 계속 물수건을 갈고 해열제만 먹었다. 열에 들떠 의식이 왔다 갔다 하는 사이, 여울은 아빠와 엄마가 여울의 발치에서 이야기하는 것을 어렴풋이 듣고 있었다.
"제 엄마를 닮아서……."
"그 사람도 이능력자였어요?"
"그래. 대대로 이어지는 이능이라고 했지만, 모든 자식이 이어받는 건 아니랬는데."
여울은 아주 어렸을 때부터 어렴풋이 이상하다고 느껴왔었다. 햇빛 아래에서 찍은 가족사진에서 제 머리 색만 옅어 보이는 이유, 네 사람 중에 혼자 다르게 생긴 얼굴이 무엇 때문인지. 유치원에 들어가면서 성을 붙인 이름을 처음 쓰게 되었을 때야 여울은 그 이유를 알게 됐다. 식구들 중에 자신만 성이 달랐다. 아빠 이영호, 엄마 차은정, 동생 이세목, 그리고 자신 반여울. 엄마의 성이 다른 건 모든 집이 같았지만, 아빠와 엄마 두 사람 성 중 누구와도 다른 성을 가진 건 자신밖에 없었다.

"선생님, 여울이 머리색이 우리랑 달라요, 여울이 외국인이에요!"

운동회 연습을 하다가 같은 반 친구가 그렇게 말한 날, 여울은 엉엉 울며 집으로 돌아왔다. 한마디 반박도 하지 못했다. 여울도 자신이 다른 아이들과 다르다는 걸 너무 잘 알고 있었기 때문에. 울어서 퉁퉁 부은 눈을 하고 돌아온 여울에게, 아빠와 엄마가 처음 알려주었다. 여울을 낳은 어머니는 오래전 세상을 떠났다고, 어머니의 고장은 아이들이 어머니의 성을 따르는 곳이라 여울만 반씨 성을 가진 거라고. 서럽거나 더 슬퍼진 것은 아니었다. 막연하게 그럴 거라 짐작했던 걸 확인받았을 뿐이었다.

열이 내리고 다시 제대로 음식을 먹을 수 있게 되었을 때, 아빠는 여태 본 적 없던 상자를 가지고 와서, 인쇄된 사진을 꺼내 여울에게 보여주었다. 본 적 없는 풍경이었다. 끝없이 펼쳐진 노란 들판 한 가운데 동그랗게 천막집이 있었다. 그 앞에 본 적 없는 젊은 여자가 아이를 안고 앞을 보며 웃고 있었다. 짙은 회색빛의 머리카락을 땋아서 틀어 올린 얼굴이 어쩐지 낯설지 않았다.

"네가 태어나고 얼마 안 됐을 때, 너를 낳아준 어머니가 아직 건강했을 때 찍은 거다. 이게 마지막 사진이 될 줄은 몰랐지만. 반이슬, 그게 네 어머니 이름이야. 넌 어머니를 많이 닮았지."

사진 속의 풍경은 아무리 보아도 여기 가람으로는 보이지 않았다. 오히려 방송에서 본 북쪽, '가우리'의 모습에 가까워 보였다.

"이능력자라고, 특별한 힘을 갖고 있는 사람이 있다. 어머니 아버지에게서 이어지는 힘이야."

"하영이 아빠도 힘이 있어서 경찰에 일한다고 했어요. 들었어요."

"그래, 능력이 큰 사람들은 나라에 신고하고, 그 힘으로 나라를 위한 일을 하기도 하지. 그런데 여울아, 엄마는 이능이 없어. 아빠도 마찬가지지. 그러니까 여울이는, 이능이 있어야 할까, 없어야 할까?"

여울은 생각했다. 어제 다리에서 떨어졌을 때 물이 모여서 자신을 받쳐서 옮겼던 것이, 엄마가 놀라서 뛰어왔던 것이, 꿈이었을까. 엄마는 꿈이라고 했

다. 물에 흠뻑 젖어서, 울면서, 엄마는 여울을 꼭 안으면서 계속해서 말했다. 꿈이야 여울아, 꿈이야. 여울이 대답했다.

"없어야 해요."

"그래, 여울아, 우리는, 이능이 없는 가족이야. 모두가 그렇게 알아야 해. 알았지?"

여울이 고개를 끄덕였다. 동그란 창 너머로 계곡 물이 흘러가는 것이 보였다. 여울은 문득, 계곡이 실망한 것처럼 느껴졌지만, 그럴 리 없었다.

2

여행의 전날

졸업식이 2주 남은, 태학 졸업여행의 전날이자 스물셋이 되기 열흘이 남은 날, 여울은 기숙사 방에서 짐을 정리하고 있었다. 아직 졸업 후의 진로가 정해진 건 아니었지만, 졸업식이 끝나면 그다음 날 바로 기숙사 방을 비워야 했다. 몇 년간 기숙사에서 지내면서 매년 방은 바뀌었어도 짐은 그대로 옮겨오기만 해서 작은 방 안에 짐이 하루이틀 사이에 모두 정리될 양으로는 보이지 않았다. 새로 들어올 신입생에게 필요할지도 모르는 물건을 상자에 따로 모으고, 기숙사를 나가더라도 필요할 것들을 다른 상자에 모았다.

"들어가도 돼?"

문을 두드리는 소리가 들리며 익숙한 목소리가 들렸다. 여울은 기숙사 방문을 열고, 문 앞에 서 있던 두건을 두른 수아를 맞았다. 수아는 운동이라도 하고 왔는지 조금 상기된 얼굴에 땀이 맺혀 있었다.

"웬일이야, 남수아. 이 시간에. 서랑이는 어디 갔어?"

서랑은 수아와 4년째 같은 방을 쓰고 있는 기숙사 동기였다. 두 사람의 방은 작년까지는 여울의 옆방이었지만 올해 새 기숙사가 완성되고 방이 이동되면서 다른 층으로 멀어졌다. 과는 달라도 오래 옆방에서 지냈고, 기숙사 단위의 행사가 많아서 더 친해진 사이였다. 2학년이 되면서 곧바로 독방을 신청한 여울과 달리 둘은 조금 더 넓은 2인실을 매번 택하며 몇 년째 같은 방을 쓰고 있었다.

"이모님이 서울에 오셨다고 뵈러 갔어. 졸업여행 때문에 오셨나 했더니, 경효부에 태학 분원을 세운다는 이야기가 있어서 그 문제로 오셨대."

"이모님이면 세금 관련 일 하신다고 하지 않았어?"

"아, 세금 총괄 하시는 분은 둘째 이모님, 이번에

오신 분은 막내 이모님. 병원에서 네가 뵈었다는 분은 셋째 이모님."

"서랑이 가족 이야기는 매번 들어도 적응이 잘 안 된다."

"경효부의 경서랑이잖아."

경효부의 경서랑. 그 말이 얼마나 많은 것을 설명하는지 예전에 여울은 알지 못했다. 여섯 성의 이름을 만드는 성씨의 사람들은 그 지역의 중심이 되는 성씨였고, 동쪽의 경효부는 서울의 성화부와 함께 초기 '가우리' 건국의 중심이 되었던 지역이었다. 경효부와 성화부는 어머니와 딸로 가문이 이어지는 풍습을 갖고 있고, 아들은 어머니의 가정에서 지내다가 어머니에서 누이에게로 집안의 어른이 옮겨가도 그대로 누이의 집안에 속했다. 그런 경효부에서 '경'씨와 '효'씨는 대대로 지역의 지도자를 맡고 있었다. 여울처럼 다른 나라에서 자란 사람이 아니면 어릴 때부터 배우는 일이었다. 여섯 성으로 대표되는 각 부는 각자 다른 풍습을 지켜왔고 가우리에서는 누구도 누군가의 풍습을 옳고 그르다고 말하지 않는다.

수아가 구석에 있던 접이의자를 가져와 펴서 앉았다. 여울은 냉장고를 열어서 녹차를 꺼내 수아에게 건넸다. 수아는 녹차를 한모금 마시고는 조금 웃었다.

"분명 우리 집 녹차가 맞는데, 어떻게 여기서 마시는 게 제일 맛있더라."

"너희 집 녹차가 좋아서 그런 거야."

수아는 웃으면서 방을 스윽 둘러봤다.

"이 방에서 너 만날 날도 이제 며칠 안 남았네. 넌 어쩌기로 했어?"

"그거 물어보러 왔구나."

여울의 말에 수아가 고개를 끄덕였다. 서랑이 없는 시간에 일부러 혼자서 여울의 방으로 찾아온 게 분명했다. 같은 태학 학생이라고 해도 여울이나 수아와 달리 경서랑은 순수한 2성 출신이어서, 장래에 대한 이야기를 할 때는 4성 출신들과는 다른 흐름이 분명히 있었다. 하물며, 경효부의 '경'서랑이니까.

원래 대륙은 지금보다 훨씬 더 넓은 땅이었다. 하늘에서 떨어진 불타는 돌의 비가 원 대륙의 북부, 극지방을 뒤덮으며 그곳에 있던 강대했던 나라는 순식간에 폐허가 됐다. 살아남은 사람들이 배를 타고 다른 대륙으로 떠나거나 남쪽, 지금의 가우리로 내려오기 시작해서 극지방 이하 북부가 더욱 폐허만 남았을 때, 불타는 돌의 비 때문이었는지 그 후에 지진이 북부를 덮쳤다. 폐허였던 땅은 지진 끝에 바다로 잠기고 대륙에는 서쪽으로 길게 이어진 지금의 '서국'과, 대륙에서 세 개의 섬으로 바뀐 '동국', 그리고 지금의 '가람'과, 북부에 흩어져 각자의 풍습으로 살아가던 사람들만이 남게 됐다. 그즈음 가람에서 후대에 '경성 내전'이라 불리게 된 내전이 일어나면서, 가람을 떠나 북쪽으로 피해 온 사람들이 독립된 나라, '가우리'를 세웠다. 대륙의 중앙부에 세운 나라라는 뜻으로, 가람의 옛말을 따른 이름이었다. 가람에서 온 이들이 지금의 2성 사람들이었다. 북부에 있던 사람들, 지금의 4성 사람들이 하나씩 가우리의 일원이 되었고, 2성 중 하나였던 '경'씨 사람들은 사람들이 살지 않던 동쪽의 아무르강 너머의 땅에 도시를 개척했다. 그것이 6성의 여섯 골 중에 가장 동쪽에 있는 경효부다. 서울을 세운 '성'씨, 경효부의 '경'씨처럼 여섯 골은 곧 여섯 성씨와 함께 묶여서 불렸다. 북쪽에서 불타는 돌의 비를 피해 내려온 '오'씨가 중심이 된 오송부, 초원에서 동물을 키우는 '반'씨와 '초'씨가 중심이 된 반양부과 초명부, 아무르강의 서쪽 평원지대에서 밀과 과일과 채소를 재배하는 '미'씨가 중심이 된 미열부. 지금은 여섯 성의 원래 풍습을 지켜가는 사람들도 있고 고장의 도시에서 서울과 비슷한 삶을 살아가는 사람들도 있지만, '가우리' 사람들은 어렸을 때부터 자신이 태어나 자라는 곳이 '여섯 성의 나라'임을 배운다.

"너는, 정해졌어?"

여울이 물었다. 수아는 왼손을 오른손으로 만지작거리다가, 여울을 보았다.

"또 질문을 질문으로 받네. 나야 뭐, 지금처럼 지낼 것 같아. 아직 방이 안 구해져서 당분간은 집에 돌아가겠지만, 곧 독립하려고. 회사에는 안 들어가고, 기계어 일 받아서 할 거고."

"나는 아직 모르겠어. 오원 선배님이랑 교수님은 학교에 남는 게 어떠냐 하시는데, 집으로 돌아가야 하지 않을까 싶기도 해."

"너도, 돌아가려고?"

수아의 얼굴이 조금 어두워졌다.

✦

 태학에 입학하기 전까지 여울은 가람에 살았다. 대륙의 남부, 비옥한 토지에 기후도 온화한 곳. 겨울은 춥지만 혹독하지 않고 드물게 내리는 눈도 쌓이지 않아서 아무 걱정 없이 기다릴 수 있는, 여름은 덥지만 메마르지 않아서 과일과 곡식이 알차게 여무는, 그런 축복 받은 땅. 사계절이 분명하면서도 모두 각자의 아름다움이 있는 곳이라고, 가람의 사람들은 자신이 나고 태어난 땅을 그렇게 불렀다. 북쪽의 가우리는 가람에 비하면 땅은 넓지만, 겨울과 여름이 너무 매섭고 거친 곳이라 했다. 그 땅에 원래 살던 사람들도, 그 땅에 살겠다고 남쪽을 떠난 사람들도 그 땅을 닮아서 매섭고 거친 사람들이라고.

 유치원 때 이래로 여울은 자신이 그 북쪽의 피를 받았다는 걸 먼저 말하지 않고 살아왔다. 아버지는 남쪽 사람이고, 기억도 나지 않는 어머니가 북쪽 사람이래도 자신은 줄곧 가람에서 살아왔기 때문이었다. 선생님들이 자신을 조금 다르게 대우하긴 했지만, 이제 학생들은 어릴 때처럼 여울을 대놓고 외국인이라 부르지는 않았다. 햇빛이나 불빛을 바로 받지 않으면 여울의 머리빛이 그렇게 두드러져 보이지 않았고, 눈동자 색 역시 자세히 들여다보지 않으면 얼른 드러나지 않기 때문이기도 했을 것이다. 하지만 고등보통학교의 마지막 해, 모두가 가람의 사람으로서 시민증을 받게 되는 생일이 지났을 때, 여울이 받은 것은 시민증이 아니라 거주증이었다. 거주증조차도 받기 위해서는 시청에 가기 전 국적 관련 서류를 준비해서 가야 했다. 자신이 '반'여울, 가족과 다른 성씨를 가진 사람이라는 걸 새삼 깨달았다. 가람에 있는 가우리의 사람들을 위한 사무실, 가우리 외청이란 이름이 붙은 건물을 찾으며 여울은 어깨가 움츠러졌다.

"실례합니다, 4부 사람 맞으신가요?"

주변을 두리번거리고 서 있던 소녀가 여울을 쳐다본다 싶더니, 불쑥 다가와 웃으며 물었다. 4부가 무슨 말인지 몰랐던 여울은 뭐라고 대답도 하지 못하고 소녀를 보았다. 소녀의 머리색이 옅었다. 보리색에 가까운 밝은 색깔. 가무잡잡한 얼굴과는 달리 잘 익은 보리색에 가까운 머리카락은, 책에 나올 것 같은 전형적인 북쪽 가우리 사람의 특징을 하고 있었다. 나이가 동생 세목과 또래로 보여서인지, 고개를 돌리기엔 너무 늦었다.

"아, 죄송해요. 가우리 분인 줄 알았어요. 가우리 외청을 찾고 있는데, 혹시 아실까요?"

"저도 거기로 가니까, 같이 가요."

여울이 앞서자, 소녀가 웃으며 옆에서 따라 걷기 시작했다.

"저는 가우리 사람인데, 대회 때문에 왔다가 자유시간에 잠깐 나온 게 길을 잃어버렸지 뭐예요. 아무한테나 말을 걸면 안 된다고 들어서, 서울에는 가우리 사람도 있다고 해서 찾고 있었어요."

저렇게 가우리 사람처럼 보이는 소녀가 혼자 다니면서 말을 걸면, 모든 사람들이 친절하게 대해줄 리가 없었다. 낯선 외국인과 이야기를 나누다가 이상한 냄새를 맡고 정신을 잃었는데 깨어보니 장기를 잃었다거나 하는 괴담이 돌곤 하던 때였다.

"대회로 올 때, 혼자 밖에 다니지 말라고는 안 하던가요?"

"제가 착한 애가 아니라서. 나가지 말라고 하면 더 나가고 싶더라고요. 그래도 이렇게, 언니를 만났잖아요. 저기 외청 건물 맞죠? 사진에서 봤어요."

여울은 언니라는 말을 처음 들었다. 학교의 아래 학년 학생들도 고등보통학교의 유일한 '외국인'인 여울을 언니라고 부르진 않았기 때문이었다. 다른 사람들은 아무 문제 없이 받는 시민증조차도 나오지 않아서, 이렇게 남들은 평생 올 일 없을 외청에 와야 한다는 것에 기분이 가라앉아 있던 여울은 조금 마음이 가벼워지는 것 같았다.

"데려다주셔서 감사합니다, 언니."

"어디로 가야 하는지는 알아요?"

여울이 물었다. 소녀가 웃으며 외청 입구의 문을 밀어 열었다. 안에서 직원이 나와 두 사람을 안으로 이끌었다.

"안녕하세요, 저 국제 수첩 언어 대회 출전한 초명부의 남수아라고 하는데요, 길을 잃어버렸는데 저기 언니가 여기까지 안내해주셨어요."

"남수아 님, 이리로 오세요. 보호자께 연락받았어요. 학생은 돌아가셔도……, 아, 4부 분이시군요?"

"저, 거주증 때문에 왔는데……."

여울이 말하자, 소녀, 수아가 여울을 보며 눈을 동그랗게 떴다가, 환하게 웃었다. 여울은 머쓱하게 주변을 둘러보았다. 오른쪽의 넓은 공간에 천장에서 글자가 적힌 판이 여러 개 내려와 있는데, 그 아래에 사람들이 머리색이 옅은, 수아처럼 보라색의 머리카락과, 여울처럼 회색 머리카락의 사람들이 앉아 있었다. '출생, 국적'이라고 적힌 판 아래에 앉아 있던 사람이 여울의 목소리를 듣고 일어나 가까이 걸어왔다. 가람 사람과 별로 다르지 않은, 짙은 머리색에 피부색이 밝은 사람이었다.

"출생 증명이 필요하신 거죠? 이리로 오세요."

"언니 또 봐요!"

여울의 등 뒤로 수아가 외치는 소리가 들렸다. 여울은 돌아보며 수아에게 조금 손을 흔들어 보였다. 다시 만날 일이 없는 사람에게 또 보자고 인사할 수는 없어서였다.

여울은 안내받은 창구에서 직원이 내민 서류에 이름과 생년월일을 쓰고, 기계 앞에서 눈을 크게 떴다. 눈동자를 인식하고 잠시 후, 인쇄기에서 서류가 나오는 소리가 들렸다. 출력된 종이, 출생증명서와 함께 직원이 옆에 놓여 있던 책자 하나를 함께 건넸다.

"어머니 성함이 반이슬 씨군요?"

직원의 목소리가 어쩐지 조금 떨리는 것 같았지만, 여울은 서류를 보며 고개를 끄덕였다. 서류를 보면 알 텐데 굳이 이름을 불러줄 것까지 있을까, 여울은 그렇게 생각했다. 사람들이 힐긋거리며 여울과 직원 쪽을 쳐다보는 것이 느껴졌다. 여울은 고개를 숙여 서류를 뚫어지게 쳐다보았다. 어머니의 이름 옆에는 가우리, 반양부라고, 아버지의 이름 옆에는 가람, 태성이라고 적혀 있었다. 반양부. 아까 수아라는 소녀가 자신을 가리켜 '초명부의 남수아'라고 했던 것이 떠올랐다.

"거주증 신청하실 때 제출하시는 서류는 위쪽이고, 아래쪽 책자도 한번 읽어보세요."

"감사합니다."

여울은 책자를 가방에 넣고 외청을 나와 서류를 다시 꺼내 보았다. 여울의 출생지와 출생 신고지에도 어머니의 이름 옆과 같이 가우리, 반양부라는 글씨가 적혀 있고, 부모님의 이름 아래에 조그만 글씨로 모의 국적과 부의 국적이 다르므로 모의 성씨와 국적을 부여하기로 부모의 합의가 있었다는 기록이 있었다. 아빠로부터 어머니가 죽은 뒤에 여울을 데리고 가람에 왔다는 말을 들은 적이 있었지만, 새삼 세 사람이 가우리에 있었다는 기록을 보니 더더욱 자신이 가람에 속하지 않은 것 같이 느껴졌다.

멍한 상태로 시청으로 온 여울은 사진을 찍고, 지문을 찍은 뒤에 여울은 사무원에게 거주증 신청 증명서라는 종이를 건네받았다. 거주증이 나올 때까지 신분증 대신으로 쓸 수 있는 증명서라고 했다.

"거주증은 시민증과 어떻게 다른 건가요?"

여울의 물음에 사무원은 의아한 표정으로 여울을 보았다가, 이내 웃음을 지으면서 대답했다.

"부모님이 설명해주지 않으셨나 보네요. 반여울 씨의 경우는 제출하신 출생증명서에도 적혀 있지만, 가우리 국적이세요. 아버지께서 내국인이시기 때문에 자동으로 보증인이 되셔서, 거주 허가를 받게 되신 거죠. 성년이 되시면 국적 취득 신청을 하실 수 있어요. 요즘은 외국인 취업이 열려 있는 곳이 많아서 취업도 가능하시고요. 취업 후 3년 후부터 국적

취득 신청하실 수 있는데, 그 절차는 여기 서류 보시면 알 수 있고요."

직원의 말을 듣고 몇 사람이 힐끗 여울을 쳐다보는 것이 느껴졌다.

"지금 보통학교 학생이시죠? 그럼, 내년에 졸업하시고 취업하시면, 스물두 살 때는 신청 가능하시겠네요."

여울은 직원에게 보통학교가 아니라 고등보통학교라고 말을 하려다가 그만두었다. 여기 오는 가우리 국적의 또래 외국인들이 대부분 보통학교에 다니고 있어서일 터였다. 그건 처음 듣는 이야기는 아니었다. 여울이 입학했을 때 학교 선생님들이 모두 학교에 처음으로 가우리 사람이 입학한다고 해서 긴장했다는 이야기를 입학 후 한참이 지나고서야 알았다. 여울이는 가우리 사람 같지 않아서 선생님이 참 안심했어. 그런 말을 몇 명에게 들었을 때는 어떻게 반응해야 할지 몰라 그저 감사하다고만 했었지만, 아무리 가우리 사람 같지 않아도 자신에게 주어지는 신분증은 교실에 있는 다른 학생들과는 다른 거였다.

여울은 시청을 나와 다시 가우리 외청으로 돌아가, 출생증명서를 발급해줬던 직원에게 다시 찾아갔다. 직원이 여울을 반갑게 맞았다. 여울은 대뜸 물었다.

"제가 가우리 국적이면, 저는 가우리 시민증을 받을 수 있어요?"

원래 여울은 그런 식으로 먼저 질문하지 않는 아이였다. 티 나지 않게, 보통 가람의 아이들처럼, 아니 보통 가람 아이들보다 더 모범적으로 살아야 한다고 생각했다. 나는 그 사진 속 풍경은 기억도 나지 않는다고, 나는 너희들과 같은 사람이라고, 그렇게 증명해 보이고 싶었다. 그런데도 '거주증 신청서'를 손에 받은 순간 여울은 확인받고 싶어졌다. 내가 '시민'으로 살 수 있는 곳이 있는지. 직원은 당황하지 않고 여울에게 평온하게 대답했다.

"지금은 가우리에서 살지 않으시니까, 시민증은 나오지 않아요. 시민증은 국적증명과 거주증명을 포함하는 거라서. 저도 지금 가람에서 살고 있어서 시민증은 없거든요."

"그럼 저는 뭘 받을 수 있어요? 저는 가람 국적이 아니라서 가람 시민증을 못 받는다는데."

직원이 자리에서 일어나서는 여울을 다른 방으로 안내했다. 푹신한 의자와 탁자, 냉장고와 급수기가 놓인 방이었다. 문을 닫자, 방 안에 옅은 풀내음이 느껴지는 것 같았다. 여울이 질색하는 하시의 풀냄새와는 다른, 은은하고 조금 달큰한 향이었다. 직원이 의자를 가리키며 여울을 보고 웃음 지었다.

"여기서 어려서부터 살았던 사람들은 대개 비슷한 기분이 들죠. 이해해요. 여기 좀 앉으시고요."

여울이 의자에 앉자, 직원은 냉장고에서 뭔가 꺼내 얼음을 넣은 잔에 따라 건넸다. 연두색이 도는 맑은 색의 물, 실제로 본 적은 없는 찬 녹차였다.

"가우리의 녹차랍니다. 가람의 음식들도 싫어하진 않지만, 차만큼은 아무래도 가우리 차만 마시게 돼요."

여울이 직원이 건넨 녹차를 쭉 들이켜자, 약간 쓴 향이 입에 머물렀다. 기분이 나쁘지 않은 쓴맛 뒤에, 방 안을 채운 향기와 닮은 은은한 단맛이 남았다. 직원은 여울의 표정을 보더니 조금 웃고는, 자신 앞에 놓인 잔을 감싸 쥐고 여울을 보았다.

"반여울 씨, 4성이라고 들어봤어요? 4부라고도

하는데."

"아까 만난, 수아라는 사람이 길에서 저보고 그랬어요. 4부 사람이냐고. 저는 처음 듣는 말인데, 그게 초명부 반양부 할 때의 그 부와 같은 거예요?"

"그래요. 4부 중에 두 부는 들으셨네요."

직원이 들려준 이야기는, 여울이 들어본 적 없는 가우리의 여섯 성 이야기였다. 북쪽의 나라 가우리가 가람처럼 같은 뿌리의 사람들이 사는 게 아니라는 건 들은 적이 있었다. 가람에서 북쪽으로 피해 올라간 사람들이 있고, 원래부터 그 땅에서 살던 다른 사람들도 있다는 것 정도였다. 하지만 사람들이 말하는 '북쪽 사람들'이 네 부족이라는 건 배운 적이 없었다. 여울은 처음으로 제 성씨, 그러니까 반이라는 성이 4성에 속한다는 걸 알았다. '반'씨는 4부 중의 하나인 반양부에 사는 사람들이라는 것도, 가람에서 북쪽으로 올라간 이들의 자손인 2부 사람들과 함께 지금의 가우리를 구성하고 있는, 원래 대륙의 북부에 사는 사람들이 4성이라는 것도.

"여울 씨 어머님은 반양부, 초원의 사람이셨다는 거예요. 가우리는 여섯 성의 나라이고, 당연히 초원의 '반'씨의 자녀이신 여울 씨는 가우리의 사람입니다. 가우리는 언제든 여울 씨를 환영할 거예요. 여울 씨가 가우리에 가게 되면 가우리 사람으로서, 원래 가우리에 살고 있었던 사람과 똑같은 권리를 가지실 수 있어요."

"시민증은요?"

"가우리에서 사시게 되면, 언제든지 신청하실 수 있어요. 아마 요즘엔 이틀 안에 발급될걸요. 가람 외의 다른 나라로 가시려면 가우리가 여권을 발급해 드릴 거고요. 지금도 신청할 수 있어요."

여울은 녹차를 비우고 조금 숨을 내쉬었다.

"아까 드린 책자, 안 보셨죠?"

직원의 말에 여울은 그제야 서류와 함께 받은 책자를 꺼내 무릎 위에 놓았다. '태학—우리는 여섯이며 하나입니다'라는 글자가 푸른 빛으로 빛나는 책자였다.

"가람에는 대학들이 있죠? 여울 씨는 내년에 수험생이 되겠네요. 태학은 그 비슷한 곳이에요. 여울 씨도 지원할 수 있죠. 유학생이 아니라 가우리 사람으로서."

"유학생이랑 가우리 사람은 어떻게 다른 건데요?"

"가우리 사람은 태학 학비가 면제돼요. 기숙사비도 없고요. 학교에서 요청하는 봉사활동을 하면 생활비도 나와요. 외국에서 살고 있는 사람들에겐 가우리로 오는 경비도 지원하죠."

여울은 책자를 몇 장 넘겨보다가 다시 덮었다. 한 번도 들어본 적이 없는 곳이었다. 아무리 좋은 조건으로 제안을 받는다고 해도 갑작스럽게 결정할 수 있는 일은 아니었다. 지원한다고 해도 1년 뒤의 일이기도 했다.

"여섯 성의 사람들이 하나의 가우리에 필요한 인재가 되도록, 여섯이고 하나인 가우리를 지탱하는 사람이 되도록 성장하게 돕는 게 태학의 이상이에요. 한번 읽어보세요. 저도 여기 졸업생인데, 여섯 성 출신이 모두 다 있어서 생활도 아주 역동적이라고 해야 하나, 아주 흥미진진해요. 분명 좋은 경험이 될 거라 생각해요. 게다가, 반여울 씨는, 반이슬 씨의 딸이니까."

"제 어머니가 왜요?"

"어머니가, 어떤 분인지 몰라요? 태백 소요의, 5차

환란의 반이슬 씨인데?"

여울을 보는 직원의 눈빛이 흔들렸다. 직원이 작은 지갑을 열어서 명함을 꺼내 여울에게 건넸다. '오원'이라는 이름과 함께 전화번호, 사무실 번호가 함께 적혀 있었다.

"난 오송부의 '오'원이에요. 동그라미의 원이요. 2부 사람들과 겉으로 보면 많이 닮았지만, 4부 사람이고요. 오송부 사람들은, 예전에 가우리보다 더 북쪽에도 대륙이 있었을 때, 그 나라에서 살았던 사람들이에요. 대환란, 불의 비가 내리기 시작할 때 남쪽으로 피해서 살아남았고, 가우리의 일부가 됐죠. 가우리의 사람들은, 태백 소요를 겪은 사람들 모두 다 반이슬 씨를 알아요. 제가 이야기를 다 옮길 수는 없으니까, 여울 씨가 알아보셨으면 좋겠어요."

그러나 여울이 어머니에 대해 물어본 건 그보다 한참 뒤의 일이었다. 학교에서 배운 태백 소요는, 가우리와 가람의 사이가 나빠지게 된 원인이었고, 가람은 돌이킬 수 없는 피해를 입을 뻔했던 일이었다. 가해자는 가우리였다. 어머니의 이름을 그렇게 가우리 사람들이 벅찬 얼굴로 말하는 건 태백 소요를 일으킨 배후에 어머니가 관련되어 있다는 뜻일까. 그 일을 겪은 어른들도, 그 어른들의 분노를 보고 자란 아래 세대들도 모두 치를 떠는 태백 소요에 어머니가 관련되어 있다면, 그런 사실은 차라리 모르는 것이 나을 것 같았다.

★

"왜 돌아가려고 하는 거야?"

수아가 물었다. 여울은 수아가 계속 만지작거리고 있는 왼손을 물끄러미 바라보았다. 수아는 여울이 가람으로 돌아가는 걸 늘 반대했었다. 서랑은 그런 수아를 말리는 쪽이었지만, 그렇다고 가람으로 돌아가는 걸 찬성하는 건 아니었다. 서랑은 언제나 자신이 할 말을 세심하게 고르는 성격이었기 때문에, 아버지와 동생, 그리고 키워준 어머니가 가람에 남아 있는 여울의 마음을 자신이 단언할 수 없다고 생각하는 쪽에 가까웠다. 어쩌면 서랑 역시 서울의 태학에서 공부하면서도 계속 경효부에 돌아가는 걸 생각하고 있어서 다른 사람에게 남으라고 말할 수 없었을지도 몰랐다.

"넌 늘 거리를 두려고 해. 늘 돌아가려는 사람처럼 굴었어. 그래서 결국 돌아가려는 거야?"

"그건 아니야, 수아야."

"그렇잖아. 기숙사 방도 그래, 2학년 때도, 작년에도, 올해에도, 우리랑 같이 3인실 쓰는 건 어떠냐고 계속 권했는데 너는 매번 아니라고, 혼자 쓸 거라고 했잖아. 기숙사에 살던 4성 사람들, 원래 고장으로 돌아가는 건 반도 안 되는데, 도시에서 경험을 더 쌓고 돌아가겠다고 취업하는 사람들이 훨씬 더 많은데, 학교에서도 남으면 좋겠다는데, 너는 꼭 여기 속하지 않는 사람처럼 그래."

"기숙사에 혼자 쓰는 방이 훨씬 더 많잖아. 나만 독방 쓰는 것도 아니고. 3인실은 몇 개 되지도 않고. 원래 너희 둘은 같이 방 썼으니까 내가 거기 들어가면 거추장스러울 거고."

"그렇게 생각했으면 같이 쓰자고 말 안 했어."

그때, 책상 위에 놓여 있던 여울의 수첩이 소리를 내며 떨리기 시작했다. 여울은 급히 일어나 수첩을 열었다. 전화를 걸어온 건 여울을 키워준 엄마였다.

한 달에 한 번은 여울이 전화를 걸곤 했지만, 엄마가 전화를 먼저 거는 건 드문 일이었다. 수아가 일어나 방을 나가려 하는데, 여울이 손짓하며 전화를 받았다. 화상전화도 아니고, 여울이 들어서 안 될 이야기를 엄마가 할 것 같지도 않아서였다.

"여울아, 잘 지내고 있지?"

"네, 엄마. 주말에 전화 드리려고 했는데, 어쩐 일이세요?"

"여울아, 너 이번에 졸업하면, 어떻게 할 거니? 거기서 취업은 됐어? 아니면 계속 거기서 공부를 더 할 거니?"

"아, 아직 확실하게 정해지진 않았는데……. 교수님은 계속 학교에 있었으면 하셨어요."

"그래? 그거 잘 됐구나."

엄마의 목소리가 밝아졌다. 여울은 수아를 내보내지 않은 걸 후회했지만, 이미 늦었다.

"세목이가 기숙사는 규율이 너무 엄하고 음식도 입에 안 맞는다고 해서, 너도 알다시피 세목이가 섬세하잖니. 그래서 집에서 통학하면서 수험을 준비하려고 하거든. 아무래도 네가 돌아오면 방도 하나 줄

어들 거고, 너 출퇴근하거나 하면 그 소리도 신경 쓰일 거고……. 아, 교수님이 남았으면 좋겠다고 하시는 거면, 돈이 들거나 하는 건 아니지?"

마지막 목소리에는 걱정이 조금 섞였다. 여울은 이제 꽤 자랐을 세목의 얼굴을 떠올렸다. 마지막으로 만났을 땐 덩치는 커도 얼굴에는 아직 어린 티가 남은 소년이었는데 수험생이 된 지금은 한참은 더 자랐을 거다. 여울이 고등보통학교에 가는 걸 아버지가 반대했을 때, 세목이 했던 말이 떠올랐다.

― 아니, 나 누나 있는 거 모르는 사람이 없는데, 누나가 고등보통 못 가고 보통학교 갔다고 하면 나 창피해서 어쩌라고? 나도 보통학교 나와서 취업해?

그다지 살갑지는 않은 동생이었지만, 그리고 여울보다 자신의 체면을 더 중하게 여긴 말이긴 했지만, 그 말 덕분에 여울은 고등보통학교에 무사히 입학할 수 있었다. 여울은 애써 밝은 목소리로 대답했다.

"그건 아니에요. 걱정하지 마세요. 세목이가 힘들겠네요. 엄마도요."

"나야 뭐, 자식 일인데 뭐가 힘들겠니. 그래, 알았다. 그럼 그렇게 알고 있을게. 건강하게 잘 지내고."

"네, 엄마, 또 연락드릴게요."

여울의 마지막 말이 끝나기가 무섭게 전화가 끊어졌다. 여울은 쓰게 웃었다. 수아는 굳은 표정으로 여울을 보았다.

"……여울아."

"괜찮아, 수아야. 가람에 돌아가게 되면 방을 구해보지 뭐. 아, 오원 선배님한테 물어봐야겠다."

"너 오지 말……, 아니, 태학 졸업한 거, 가람에서는 학력 인정 안 되잖아? 오원 선배님이야 외청 근무시니까, 가우리가 관리하는 곳이니까 괜찮겠지만."

"외청 파견 시험을 치면 되지. 관사가 있으니까 집에서 안 지내도 될 거고. 잘 모르겠다. 좀 더 생각해봐야겠어. 여행하면서도 생각해보고."

"가람 사람들은 외국인들, 아니 4성 사람들을 안 좋아하잖아. 나도 가람에 가봐서 그 분위기 어떤지 조금은 아는데……."

여울은 수아를 보고 쓰게 웃었다. 15년이 넘게, 기억할 수 있는 가장 어렸을 때부터 가람에서 살아온 여울은, 수아가 말하는 게 무엇인지 충분히 알고도 남았다. 잊으려고 해도 잊을 수 없는 기억들이 하나

둘이 아니었다.

※

오원에게서 태학에 대해 한참 설명을 듣긴 했어도 여울이 곧바로 태학을 가기로 마음먹은 건 아니었다. 집에는 이야기를 꺼내지도 않았다. 세목이 사립인 기숙사제 고등보통학교에 다니고 싶다고 말하면서, 엄마는 여울이 장학금을 받을 수 있는 대학에 갔으면 좋겠다는 걸 얼핏얼핏 비치긴 했지만, 그때도 여울은 태학에 대해서 말하지 않았다. 여울의 지갑에는 학생증 뒤에 거주증이 자리 잡았다. 여울은 수험생이 되어도 계속 좋은 성적을 유지하려고 노력하는 한편, 외국인이 입학할 수 있거나 최소 거주증이 있는 외국인이라면 입학할 수 있는 곳을 찾아 수험을 준비했다.

그러던 어떤 날, 해가 짧아지기 시작한 가을의 어느 날, 늘 해가 지기 전에 집에 도착하던 여울은 그날 처음으로 해가 진 걸 잊고 교실에 있었다. 교실을 순회하던 관리직원이 여울을 보고 놀라 문을 열었다.

"아니 해가 졌는데 왜 아직 집에 안 갔어? 위험하

게. 집에 전화해서 데리러 오시라고 해."

여울은 급하게 가방을 챙기고 수첩을 열었다. 전원을 켰지만, 전원이 들어오지 않았다. 오래된 기종이라 금방 전원이 꺼져서 수업 중에는 계속 꺼놓고 있었는데 어디가 고장이 난 건지 알 수 없었다. 여울은 가방을 메고 급하게 학교를 나섰다. 해가 완전히 지기 전이라 붉은 노을이 자욱하게 깔려 있었지만, 완전히 깜깜해지는 건 시간문제였다. 학교 정문 앞에서 승합차에 올라탔다. 사람들이 힐긋힐긋 여울을 쳐다보는 게 느껴졌다. 여울은 문 앞에서 가장 가까운 자리에 앉아 무릎 위에 가방을 올리고 바투 쥐었다. 승합차의 불빛이 너무 강했다. 인공조명 불빛에 여울의 머리카락 색이 더욱 두드러졌다. 빛을 받지 않으면 얼핏 검은색으로도 보이는 머리카락은 분명하게 푸른빛이 섞인 회색빛을 드러냈다.

두어 정류장이 지났을 때 두 사람이 새로 차에 올라탔다. 여울의 앞을 지나쳐 뒷자리로 가던 사람이 아주 조금 걸음을 늦춘 것 같았다. 두 사람에게서 짙은 풀향이 났다. 가람에서 이 냄새를 모르는 사람은 없었다. 어떤 집에든 상비약으로 두는 진통

제 '하온'의 원료지만 담배처럼 말아 피우면 환각 작용을 일으키는 풀 하시. 이 정도로 짙은 냄새라면 하시를 꽤 오랫동안 피운 사람이 분명했다. 여울은 긴장한 티를 내지 않으려고 했지만, 뒷자리에서는 둘에게서 사람들이 슬금슬금 피해 자리를 옮기는 게 느껴져 신경을 쓰지 않을 수가 없었다.

"북쪽 것들이 요새 늘었네. 저런 것들도 고등보통을 다니고, 세상 참."

분명히 여울에게 하는 말이었다. 그래도 뒤를 돌아보면 안 된다. 목소리 발음이 꼬여 있었다. 어느 정도 제정신인지, 무슨 일이 생겼을 때 여울이 먼저 시비를 걸었다고 반박을 당할 수도 있었다. 여울은 못 들은 척 창밖을 보며 집에 도착하기만을 기다리고 있었다. 뒤쪽에서 들려오는 말이 점점 더 커졌다. 몇 명이 정류장에서 급히 차에서 내렸다. 하지만 여울은 내릴 수 없었다. 낯선 정류장에서 다음 차를 기다리는 게 더 위험할 수도 있었다.

"저건 꼭 이 나라 사람처럼 앉아 있네."

종이가 날아와 정수리를 때리고 여울의 눈앞에 떨어졌다. 여울은 돌아보지 않았다. 두 정류장이 남왔다. 아직 걸어가기에는 너무 어둡고 긴 길이었다.

"뭘 점잔빼고 있냐. 어리니 맛은 있겠다. 얼마면 팔래?"

집 앞 정류장에 도착했다. 여울은 벌떡 일어나 급하게 차에서 내렸다. 뒤쪽에서 두 사람이 일어나는 소리가 들렸다. 여울은 집으로 달리며 자신도 모르게 차 쪽을 돌아보았다. 닫힌 차 문 앞에는 누구도 보이지 않았고, 차 안에는 어떤 사람이 두 사람을 막아서고 있는 게 보였다. 아까의 그 두 사람, 그 목소리의 사람들이었다. 여울을 따라 내리려고 했던 모양이었다. 여울은 다시 달려서 집 앞까지 뛰어왔다. 공동 현관 안쪽에 엄마가 서성거리며 수첩을 들고 서 있다가, 여울을 보고 문을 열었다.

"지금이 몇 신데 이제 와! 제정신이야! 무슨 일 있으면 어쩌려고!"

여울의 등을 때리며 소리치던 엄마가 깜짝 놀라 손을 멈췄다.

"어디서 이런 게 붙었어. 너 바로 집에 온 거 맞지?"

여울은 엄마가 손을 대려고 하는 곳에 손을 뻗었다. 아까 종이가 날아왔을 때 얼핏 무언가 함께 날아

온 것 같았는데, 진득한, 먹던 사탕 같은 것이 머리카락에 늘어 붙어 있었다.

"해 지기 전에 곧바로 집에 오라고 몇 번이나 말했어? 세상 무서운 줄 모르고."

여울은 아버지의 말에 죄송하다고 고개를 조아리고 욕실에 들어가 머리에 붙은 사탕을 떼어냈다. 머리카락이 함께 뽑혀 나갔지만, 그래도 다행히 두드러져 보일 정도는 아니었다. 몸을 씻고 여울은 거울 속의 자기 얼굴을 멍하니 쳐다보았다. 욕실 불빛을 바로 받아 회색과 푸른색이 번지는 머리카락, 외꺼풀 눈 속의 진회색 눈동자. 차 뒷좌석에서 두 사람이 떠들던 말들이 하나씩 머리에 꽂혔다. 수첩에서, 방송에서, 사람들이 별생각 없이 나누는 대화 속에서 들었던 내용이 조금 더 거칠어졌을 뿐이었다. 북쪽 사람들은 게으르고 머리가 나빠. 나라를 버리고 도망간 것들 아니면 광야에서 떠돌던 것들이잖아. 여울이 자리에 있는 걸 깨닫는 순간 그들은 웃으며 덧붙였다. 여울아 너한테 하는 말 아닌 거 알지, 너는 북쪽 사람 같지 않잖아. 우리랑 다른 것도 없어. 그냥 전반적인 이야기를 하는 거야, 알지.

"학생이 해 지고 돌아다니면 험한 꼴 당한다고, 학교에서 그렇게 안 배웠어? 이상한 사람들이라도 꼬이면 어쩌려고. 지난달에 실종됐다는 대학생 결국 바다에서 시체로 나왔다는 거 봤지? 시비 안 걸리려면 조심하는 게 제일이다."

새로 시작한 일로 평소보다 더 검게 탄 아버지가 말했다. 그 대학생이 실종된 게 해저문 후인지 밝을 때인지 기사 어디에도 나오지 않았지만, 사람들은 다들 그렇게 말했다. 위험한 곳에 있었을 거라고. 혼자 다녀서 그런 거라고. 그 대학생은 외국인도 아니었다. 그렇지만 늦은 시간에 승합차를 탄 건 오늘이 처음인데 하시에 취한 사람들이 시비를 걸었으니 어두워지면 밖에 다니면 안 된다는 말이 틀린 말은 아닐 거였다.

그때 문이 열리는 소리가 나며 세목이 들어섰다.

"세목이 너는 또 왜 이렇게 늦게 다녀, 세상이 얼마나 험한데!"

"날 누가 건드려. 다들 나 보면 격투기 선수냐고 하는데. 걸어 다녀도 아무도 말 안 걸어."

세목은 키가 아버지보다 한 뼘은 더 크고 어깨도

넓었다. 몇 년 전에는 학교 체육 선생님에게 씨름을 해보라고 권유받기도 한, 격투기 체격이었다. 실제로는 격투기는커녕 달리기도 싫어하고 동물을 무서워하는, 아직 그 나이의 소년티가 남아 있는 아이였지만.

"어, 이거 시작했다. 아빠, 이거 좀 보고 씻어도 돼?"

세목은 가방을 던지고 의자에 앉아서 방송 음량을 높였다. 여울은 부모님이 보고 있던 방송 화면에 그제야 눈길을 주었다. 요즘 인기인 역사 교양 방송이었다. 연극배우 출신이라는 방송인이 진행을 맛깔나게 해서 학교 친구들도 종종 이야기하곤 하는 걸 들은 적 있었다.

"우리나라 북쪽에는 여러분이 잘 아시는 대로 지금은 '가우리'가 있지요. '가우리'가 시작된 게 그렇게 오래되지 않았다는 건 아십니까? '대환란' 이전에 이 땅에 가우리라는 나라는 없었지요. 심지어, 땅의 모양도 지금과는 전혀 달랐습니다."

여울이 화면으로 고개를 돌렸다. 출연자들이 과장된 놀란 표정으로 진행자를 보고 있었다. 화면 속 화면에 예전 지도가 떠올랐다. 남쪽에는 가람이, 북쪽에는 조금씩 다른 색으로 칠해진 부분들이 흩어져 있고 그보다 북쪽에 '오'라는 글자가 적혀 있는 게 보였다. 여울은 봄에 만났던 가우리 외청의 직원, 오원을 떠올렸다. 불의 비가 내리기 시작했을 때 우리는 남쪽으로 피해서 살아남았죠. 오원의 말을 되새길 때, 화면 속의 지도가 바뀌었다. 북쪽의 '오'가 있던 부분이 사라지고, 동쪽과 서쪽 역시 해안선이 바뀌었다. '가람'에서 북쪽으로 가는 화살표도 생겨났다.

"'대환란' 때, 불의 비가 내리면서 대륙의 북부가 바다로 가라앉고, 해안선이 급격하게 변하는 재앙이 왔지만, 가람은 무사했습니다. 하지만 이 시기는 바로 우리나라의 아픈 역사, '경성 내전'이 있었던 시기죠. 통일된 나라의 정책에 반발하는 두 무리가 일으킨 반란이요. 일 년간의 내전 끝에 가장 저항이 거셌던 두 무리를 제압하는 데 성공했지만, 그들 일부가 북쪽으로 탈출해서, 여기 이 지점에, 독립을 선포합니다. 그 무리를 이끌었던 게 경씨 사람과 성씨 사람이라 경씨 부족, 성씨 부족이라고 불렸죠. 그게 지금의 '가우리'가 됐습니다.

그런데 이 지역에는 누가 있었어요? 원주민이 있었죠. 흩어져 있었지만 이미 살고 있던 사람들이 있었던 거죠. 하지만 이들이, 발달한 가람의 문명을 가지고 있던 이들에게 대항할 수 있었을까요? 당연히 못 하죠. 하나씩 이들이 가우리 안으로 삼켜집니다."

"소수였는데 우리나라에서는 왜 추적을 안 했을까요? 그랬다면 저 북쪽까지 지금 대륙 전체가 우리 땅일 수도 있었던 거잖아요?"

출연자 한 명이 질문하자, 몇 명은 고개를 끄덕이고 몇 명은 고개를 젓는 게 보였다.

"아니, 이렇게 비옥하고 아름다운 땅에 남부럽지 않은 문명을 건설하고 살고 있는데, 뭐 하러 또 싸움을 하겠어요? 북쪽 땅은, 지금도 그렇지만, 싸워서까지 손에 넣어야 할 땅이 아니죠. 게다가 우리는 '경성 내전'으로 너무 많은 희생을 치렀고요."

맞아, 그렇지, 사람들이 동의하는 소리가 들렸다. 여울은 방송 내용이 불편했지만, 불편한 티를 낼 수는 없었다. 세 사람은 벌써 방송에 집중해 있었고, 여울이 일어나서 자리를 피하거나 하면 오히려 그게 불편할 거였다.

"그런데 말이죠, 가람에서 올라간 게 두 집단이잖아요? 내전을 일으킨 게 두 성씨라고 말씀드렸습니다. 그렇죠? 새로 나라를 세우고 살아가려고 하니까, 이 둘이 또 사사건건 부딪칠 수밖에 없어요. 그래서 이들이 또 싸우고, 결국 경씨가 동쪽으로 옮겨가요. 즉 뭐다, 지금 가우리는? 경성 내전에서 도망친 성씨가 권력자. 그리고 이 자리를 노리고 동쪽에서 힘을 기르고 있는 게 경씨."

"요새 저 사람 입심이 전만 못하네."

아버지의 목소리가 방송 소리를 잘랐다.

"딱 적절한 선에서 그쳐야 재미있는 건데, 요새 자꾸 쓸데없는 이야기를 더 하더라. 딴 데 보자, 아빠."

세목이 말하자 방송 화면이 다른 곳으로 넘어갔다. 여울은 그제야 자리에서 일어나서 방으로 들어갔다.

★

문에서 또 인기척이 느껴지더니 문을 두드리는 소리가 났다. 똑똑똑. 세 번씩 두 번. 수아가 먼저 일어났다. 서랑은 언제나 저렇게 문을 두드렸다. 수아가 문을 열어주자 역시 문 앞에 서랑이 한 손에 종이가방을 들고 서 있다가 방 안으로 들어섰다.

"울 이모님이 경효부 특산품을 갖고 오셨어. 우유

술떡이랑 우유차. 너희랑 같이 먹으래. 아직 잘 시간은 아니지?"

서랑이 바닥에다 종이가방 속의 물건을 꺼내놓기 시작했다. 밀이 잘 자라는 고장인 경효부에서는 밀로 떡을 만들었다. 우유를 발효시킨 술로 부풀린 우유 술떡은 포슬거리는 식감에다 술은 익히는 과정에서 다 없어져서 어린아이들도 잘 소화할 수 있는 간식으로 유명했다. 발효된 흑차에 건조한 우유를 넣어 만드는 우유차 역시 동쪽을 여행하는 사람들이라면 꼭 욕심내서 사 오는 물건이었다.

"내일 여행 가서 다른 애들이랑 같이 먹지?"

"여행 가서 나눠 먹을 건 방에 두고 왔지. 이건 너희랑 먹으라고 따로 주신 거. 울 이모 손 크잖아. 이것만 주셨을 리가 있냐."

가람 사람들은 지금도, 경씨와 성씨가 사이가 나쁠 거라고 믿고 있겠지. 여울은 서랑이 종이 포장을 벗겨주며 내미는 술떡을 받으며 생각했다. 나라의 중심이 서울과 경효부로 떨어져 있긴 하지만 경효부의 아이 서랑이 여기 태학을 다니는 동안 경효부의 지도자들인 서랑의 친척들은 몇 번이나 서울을 방문했다. 경씨 집안이 가진 개인 경비행기를 타고, 경효부와 서울 사이의 정기편이 없을 때도 언제든 방문하는 것이었다. 경효부의 효해지구에는 바닷물과 땅속 광물의 힘을 이용한 대규모 발전 시설이 들어서 있어서 경효부는 여섯 부 가운데에서도 가장 풍족한 지역이었다. 강과 바다로 고립되어 사람들이 정착조차 하지 않았던 지역은 이제 가장 풍족하게 수첩과 정밀 공업이 발전했다. 서울 사람들은 경서랑의 이름을 들으면 처음엔 조금 놀랐지만, 경서랑이 태학을 다닌다는 것에는 놀라지 않았다. '경'서랑이 '반'여울과 절친이라는 사실도, 몇 년째 같은 방을 쓰고 있다는 사실도, 사람들에게는 그냥 대수롭지 않은 일이었다. 직접 보지 않았다면, 태학에 오지 않았다면 여울 역시 상상할 수도 없었을 일이었다.

"서랑아, 여울이가 졸업하면 가람으로 돌아갈 거래. 네가 좀 말려줘."

"응? 어, 어?"

서랑이 당황한 표정으로 여울을 보았다.

"몇 년을 그렇게 친하게 지내놓고, 이제 가면 언제 만날지도 모르는데 가람으로 간다는 게 말이 돼?"

"외청에 합격하면, 서울에 오갈 수는 있으니까. 그리고, 아직 그렇게 정한 것도 아니야."

"네가 서울에 남을 생각이면, 그렇게 어정쩡하게 말하진 않을걸. 아직 안 정해졌다고 하지만, 실은 반 넘게 그쪽으로 마음이 기울어진 거 아니야?"

단단히 토라진 수아의 표정보다 서랑의 표정이 더 좋지 않았다.

"술떡 맛있다. 서울에서 하는 술떡이랑 경효부 술떡이랑은 맛이 다른 것 같아."

말을 돌리려고 여울이 말했다. 서랑은 조금 멋쩍게 웃었다.

"그게 아마 우유 맛이 달라서 그럴 거야. 경효부에서는 물소 우유를 쓰는 게 보통인데, 서쪽에는 물소를 잘 안 키우니까. 물소 우유가 좀 더 진한 맛이 나거든."

"이모님 중에 물소 키우시는 분도 계신 거 아니야?"

"어 아니, 물소 농장은 사촌이 해. 큰이모네 첫째. 축산 공부한다고 해서 꽤 시끌시끌했었어. 전대에는 축산 쪽 일을 한 분이 아무도 없었거든. 그게 벌써 10년 전이니까, 나 아직 경효부 있을 때."

서랑의 말을 듣고 여울이 어색하게 웃었다. 이모가 여섯이니 사촌도 수십 명은 될 테고, 그중에 무슨 일을 하는 사람이 있더라도 놀랄 일은 아닐 것 같았다. 수아의 표정은 풀리지 않았지만, 다시 가람으로 돌아가는 걸 말하지는 않았다. 한바탕 내일 여행 이야기나 별거 아닌 이야기를 하다가 서랑이 몇 번 하품한 뒤, 둘은 방을 정리하고선 여울의 방을 나가 자신들의 방으로 돌아갔다. 여울은 갑자기 조용해진 방 침대에 앉아서 멍하니 창밖을 보았다. 왜 돌아가려고 하는 거야, 수아의 말에 대답할 수 없었다. 만약 누군가가 왜 너는 돌아가겠다고 결정하지 못하냐고 물어도 마찬가지로 대답할 수 없을 거였다. 왜 남고 싶은 마음이 있는 거냐고 물어도 마찬가지였다. 5년을 가우리에 있어도, 태학 학생증과 함께 있는 건 가우리의 시민증이어도, 자신은 여전히 붕 떠 있는 상태로 살고 있는 것 같았다. 가람을 떠날 때는 어떤 기분이었던가. 태학을 졸업하면 돌아가겠다는 마음이었나, 아니면 다시는 돌아가지 않겠다는 마음이었나. 여울은 방의 불을 끄고 침대에 누웠다. 창밖에 떠돌이별이 스쳐 지나갔다.

3

가우리에서 태어나
가람에서 자란 아이

    5년 전 겨울, 대학 본고사를 모두 마쳤을 때, 여울의 학교에 갑자기 교육장이 찾아왔다. 시 총괄 교육장이 때때로 고등보통학교를 방문하는 건 이상한 일은 아니었지만, 교육장이 학생을 교장실로 부르는 건 이상한 일이긴 했다. 수험이 대부분 다 끝나고 다들 시험의 결과를 낙관하며 장래 이야기로 수다를 떨던 교실을 나와 여울은 긴장한 채로 교장실로 갔다. 교육장이 왔다는 건 평소와는 다른 학교 분위기로 알고도 남았지만, 교장실 안에 푹신한 안락의자에 교육장이 앉아 있을 거라고는 예상하지 못했던 여울은 어색하게 고개를 숙여 인사했다.

교장이 웃으며 여울에게 다가와, 어깨에 손을 얹었다.

"어서 오렴. 교육장님, 이 학생이 말씀드린 학생입니다. 교육장님께 인사드리렴."

"안녕하십니까, 반여울이라고 합니다."

"아이고, 길에서 만나면 북쪽 사람인 거 모르겠는걸."

교육장이 일어나 다가와서 여울에게 손을 내밀어 악수를 청했다. 축축하고 뜨거운 손이었다.

"성적도 아주 좋습니다. 최우등 졸업입니다. 세 군데 대학에 원서를 넣었는데, 결과가 기대되고 있지요."

"그래요, 북쪽 사람들이 고등보통학교에서 이 나라 학생들과 똑같은 조건에서 공부할 수 있다는 것, 그리고 이렇게 뛰어난 성취를 보인다는 게, 우리 가람이 얼마나 위대한지를 보여주는 거지요."

"아쉽게도 본교에 입학한 외국 학생은 이 학생 이전에도 이후에도 없습니다만."

"뭐, 기회를 주어도 못 받는 건 능력 문제니까."

교육장이 허허 웃었다.

"아주 기대하고 있어요. 꼭 좋은 대학을 졸업해서, 이 나라를 위해서 이바지할 수 있는 사람이 되어주길 바랍니다. 학생이 이 나라에 살고 있는 외국인들에게 좋은 본보기가 될 수 있다는 걸 항상 명심하고."

"명심하겠습니다."

여울은 이런 사람들에게 어떻게 대답해야 하는지 알고 있었다. 여울이 무슨 말을 하든, 그들에게는 중요하지 않기도 했다. 친구들은 적어도 여울 앞에서 대놓고 여울의 입시에 대해서 말하지 않았지만, 그들도 여울이 없는 곳에서 어떤 이야기를 나눌지는 모를 일이었다. 유치원생은 마음속의 말을 그대로 꺼내지만, 10대만 되어도 속을 그대로 내비쳐도 좋은 때와 아닌 때를 구별할 줄 안다.

입시생이라 여울이 1학년 때보다 두 시간은 일찍 집으로 돌아왔을 때, 집 앞에 붉은 가방을 들고 있는 우편배달부가 서 있었다.

"안녕하세요, 3층 우편물이 있나요?"

"3층이요. 혹시 반여울 씨?"

"네, 제가 반여울이에요. 신분증 보여드릴까요?"

우편배달부가 힐긋, 여울을 보았다. 한낮 햇빛이 닿은 여울의 머리카락이 푸른 빛을 냈다. 우편배달부는 고개를 저으며 손에 들고 있던 파란 봉투를 여울에게 건넸다. 처음 책자를 받았을 때 보았던 태학의 문양이 박힌 봉투였다. 우편배달부가 멀어지고 여울은 현관 안쪽에서 봉투를 조심스럽게 열었다.

반여울 님의 입학을 축하합니다.
여섯이며 하나인 가우리의 영혼, 태학에 입학하시게 된 것을 환영합니다.
사전에 안내된 것처럼 입학 전 생활 안내를 위해 신입생 여러분들은 입학 한 달 전 기숙사에 입소하시게 됩니다.
재외 거주자에게 지원되는 교통편과 입학 시에 준비하셔야 하는 것들을 알려드립니다. 자세한 내용은 아래와 같습니다. 그 밖에 의문 사항이 있으면 아래 주소를 통해 수첩으로 접속해주십시오.

한참 이어지는 내용을 읽어보아도 얼른 머리에

들어오지는 않고, 첫 줄의 문장만 계속 머릿속에 울렸다. 반여울 님의 입학을 축하합니다. 어제 마지막으로 치른 입시 외에도 다른 두 군데 대학의 결과도 아직 나오지 않았지만, 이제 그 결과는 아무래도 좋다는 생각이 들었다.

여울은 파란 봉투를 가방에 넣어둔 채 아버지의 귀가를 기다렸다. 세 사람이 모두 모여 저녁을 먹은 뒤에 여울은 방에서 파란 봉투를 가지고 와 아버지에게 건넸다. 아버지는 한마디도 하지 않고 서류에 적힌 글자를 꼼꼼하게 읽더니, 엄마와 안방에 들어가 한참 이야기를 나눴다. 밖에서 두 사람의 대화는 들리지 않았다. 가우리에서 산 적 있는 아버지라면, 태학에 입학한다는 게 어떤 뜻인지 알 터였다. 설사 모르더라도 서류를 읽어보면, 그게 가우리에서 생활하는 비용, 가우리에 가는 비용까지 지원한다는 걸 알 수 있을 거였다.

삼십여 분이 지나 두 사람이 방에서 나왔다. 두 사람의 표정으로는 어떤 결론을 내린 건지 알 수 없었다.

"넌 어쨌으면 좋겠냐. 갈 생각이 있으니까 지원했

겠지만."

"뭔데, 왜 나한테는 말 안 해주는데?"

세목이 말했다. 엄마는 세목을 제지하고 아버지의 말에 덧붙여 말했다.

"이 일정에 맞춰 가려면 여기 입시 결과는 나오기 전이잖니. 합격하면 후회하지 않겠어?"

"세 곳 다, 외국인 입학이 가능한 곳이어서 넣은 거예요. 제일 가고 싶었던 건 여기였어요. 거기서는 제가 외국인이 아니라서요."

"뭐야, 평생 여기서 살아놓고 지금 가우리에 있는 학교로 간다는 이야기야? 왜? 여태 그런 말 한 번도 안 했잖아?"

눈치 빠른 세목이 여울에게 물었다. 여울은 세목을 쳐다보았다. 어렸을 때는 유치원에서 여울 때문에 놀림을 받았다고 울면서 오기도 했었던 동생이었다. 그리고 또 언젠가부터는 나란히 걸어가는 게 싫다고 했고, 길에서 아는 척하지 말라고 하기도 했던. 하지만 생각해보면 세목은 자신을 외국인으로 대한 적이 한 번도 없었다. 나이 차이가 좀 있는 누나와 남동생 사이가 다정하게 살가운 게 더 드문 일

아닌가. 세목과 자신의 사이는 어머니가 달라서도, 여울과 국적이 달라서도 아니었다. 그냥 평생을 같이 살아온 평범한 누나 동생 사이의 거리감 정도였다. 여울이 고등보통학교에 간 것도 생각해보면 세목 덕분일 수도 있었다.

"나쁜 데 아니고, 가우리에서는 유명한 곳이야. 나도 알아볼 만큼 알아봤어. 사람들이 뭐라고 하면, 누나가 가우리에서 제일 좋은 학교에 장학생으로 갔다고 해. 뭐랄 사람 없을 거야."

"누가 그런 거 신경 쓴대?"

세목이 얼굴이 확 찌푸리며 일어났다. 아버지와 엄마가 동시에 세목을 올려다봤다.

"잘됐네, 장학생이라니까, 거기서 하고 싶은 거 하고. 시민증 받아서 잘 살아."

세목이 제 방으로 들어가며 문을 닫았다. 아버지는 세목을 보고 여울을 보더니 조금 한숨을 쉬며 말했다.

"네 어머니가 거기, 태학을 나왔는데, 이것도 뭔가 인연인지 모르겠구나."

아버지가 말했다. 엄마가 아니라 어머니라고 부르

는 건, 가람을 평생 떠나본 적 없는 '엄마'가 아니라 여울의 출생증명서 속 글자로만 남아 있는 여울의 생모 반이슬을 가리키는 거였다. 그리고 아버지가 이름 외에, 어머니에 대해서 말한 건 처음이었다.

"어머니는 언제 돌아가셨어요? 그 뒤로 제가 가람으로 온 거잖아요."

여울이 조심스럽게 물었다. 아버지가 생모에 대해서 말한 김에 조금이라도 더 알고 싶어서였다.

"반이슬 씨는, 태백 소요 때 돌아가셨다고 들었어."

말을 못 하고 있는 아버지 대신 엄마가 입을 열었다.

"태백 소요와 어머니가, 관계가 있었어요? 가우리가 가람을 삼키려고…… 했던 거에, 어머니가……."

"네 어머닌, 사람들을 구하려고 했다. 자신을 구하진 못했고. 그것뿐이다."

아버지가 여울의 말을 잘랐다. 태백 소요와 관계가 없다는 말은 아니었지만, 더 물어보지 말라는 마음이 강하게 느껴져서 여울은 더 묻지 못했다.

"널 데리고 가람으로 돌아가라는 게, 네 어머니의 마지막 부탁이었다. 대신 네가 가우리에 가는 걸 막지는 말아달라고 했지. 네가 태학에 갈 걸 예상이라도 한 건지. 가서, 가우리가 어떤 곳인지 네 눈으로 봐라. 네 어머니가 너한테 바란 걸, 들어줘야지."

 여울이 가우리의 수도 서울로 가는 비행기를 타는 날, 집에서는 아무도 공항에 나오지 않았다. 옷과 늘 쓰던 생필품들을 챙겨 부치고 오래 써온 수첩만 들고 비행기에 오른 여울은 잔뜩 긴장해서는 여권과 수첩을 꼭 쥐고 자리에 앉아 있었다.
 "응, 서랑아, 지금 비행기 탔어. 이제 곧 끊어야 해. 이륙하고 세 시간 걸린대. 나올 거지? 우리 집에서는 안 나온다니까. 수용이? 걔 방학 맞지. 근데 지금 속진 시험 준비하느라 바빠. 됐고, 너 안 나오면 일주일은 너랑 이야기 안 할 거니까 그렇게 알아."
 수첩을 펼치고 전화 통화를 하며 비행기에 오른 목소리가 점점 가까워지더니 여울의 옆자리에 멈추었다.
 "안녕하세요, 저 그 안쪽 자리인데. 아, '가우리' 사람이네요?"
 머리에 두건을 두른 소녀였다. 빛이 반사돼서 소녀의 얼굴은 잘 보이지 않았다. 왜 자신을 가우리 사람이라고 보았을까 생각하는데 손에 쥐고 있는 여권이 눈에 들어왔다. 초록색 표지의, 가우리에서 발급한, 가우리의 여권이었다. 여울은 엉거주춤 일어나서 자리를 비켜주었다. 소녀는 안쪽의 창가 자리에 앉더니, 웃으며 여울을 보았다. 어쩐지 전에 본 것 같은 얼굴이었다.

"여행 왔다가 돌아가는 길이세요? 옷 보고 가람 사람인 줄 알았어요."

여울은 여권을 어색하게 쥔 채로 자기 자리에 앉았다. 지갑 안에는 아직 가람의 거주증이 들어 있었고, 가우리의 여권을 가지고 있어도 어쩐지 가우리 사람이냐는 질문에 바로 그렇다는 대답이 나오지 않았다.

"저는 남수아라고 해요. 절반은 초명부 사람이랍니다. 열일곱 됐고요. 또래 같은데, 아닌가? 세 시간이나 같이 가야 하는데 우리 서로 소개하고 이야기하면서 갈까요?"

이름을 듣고서야 여울은 소녀가 낯익게 느껴졌던 이유를 알았다. 전과 비슷한, 같지 않은 소개말이 귀에 바로 들어왔다. '초명부의 남수아'에서 '절반은 초명부 사람'이라는 말로 바뀐 인사말에 여울은 고개를 들어 소녀를 보고 머쓱하게 웃었다.

"우리, 전에 만난 적 있어요. 그땐 이름은 말 안 했네요. 반여울이라고 해요. 열아홉이고요."

"아! 그때 외청 데려가주셨던 언니구나! 교복 안 입으셔서 못 알아봤어요. 반양부셨군요! 초명부랑 이웃이네요."

여울은 수아의 말에 어색하게 웃었다. 가우리 외청의 오원은 태학에 합격한 소식을 듣고는 누구보다 기뻐하면서 여울이 가람에서 컸기 때문에 배우지 못했던 것들을 하나하나 알려줬다. 어머니의 사진에 있던 풍경이 반양부의 풍경이라는 것, 반씨는 반양부의 중심 성씨이고, 초명부와 함께 지금도 유목의 풍습을 가지고 있는 고장이라고 했다. 가우리에서 가장 넓은 땅이 그 두 부의 땅이지만 사는 사람의 수는 그렇게 많지 않고, 젊은 사람들 가운데는 다른 부의 젊은이들과 마찬가지로 전통적인 생활 대신 도시 생활을 선호하는 이들도 있다고 했다. 하지만 그렇게 듣고 배웠다고 해도 처음 만나는 사람의 말에 곧바로 적절하게 반응할 만큼 이해가 된 것은 아니었다. 수첩에서 검색하고 찾아본 화면 속 영상의 풍경이 여울이 태어난 곳이라는 걸 머리로는 이해한들, 그 풍경을 곧바로 자기 고향으로 받아들일 수 있는 건 아니었다.

"사실 어릴 때 반양부를 떠나서, 저는 기억이 잘 안 나요. 이번에 태학에 들어가게 돼서 서울에 가는 거라서."

"아, 태학 신입생이에요? 와, 반가워요, 나도 신입생인데. 신입생 안내 합숙 가는 거구나. 우리 말 놓을까? 아, 두 살 아래라서 좀 그런가?"

수아가 반양부를 오래전에 떠났다는 말에는 아무 말을 덧붙이지 않고 태학 이야기로 곧바로 화제를 돌려준 것이 반가웠다. 태학의 신입생을 만났다는 것도 더해서. 두 사람은 금방 말을 놓고 태학 이야기를 시작했다. 수아는 초명부에서 태어났지만, 아버지는 초명부에서 살고 자신은 어머니와 함께 서울에서 살았다고 했다. 2부인 경효부 어머니와 4부인 초명부 아버지 사이에서 태어났는데 눈동자와 머리 색은 아버지를 닮아서 사람들은 모두 수아를 4부 출신으로 대했지만, 자신은 그게 아무렇지도 않다고도 했다. 가람에는 개인적인 일로 왔었는데, 입학 전 기숙사 입소 때문에 귀국하는 길이라고도.

"그런데 나는 '남'씨는 처음 들었어. 여섯 성의 나라라고 들었는데."

여울이 묻자 수아는 눈을 동그랗게 떴다가, 고개를 끄덕이며 웃었다.

"그렇구나, 모를 수 있겠네. 응, 여섯 성의 나라고 여섯 부의 나라니까. 하지만 성 자체는 여섯보다는 당연히 많지. 2부에도 성씨와 경씨가 유명하지만, 그건 대표적인 성이고 '남'처럼 다른 성이 있어. 개인적인 이유로 새로 성을 만드는 사람도 있고. 그래서 '서울의 남씨입니다.'라고 하거나, '남수아입니다. 경효부예요.'라고 하거나."

"그럼 나도 반양부의 반여울입니다, 구나."

"음, 반양부의 반씨는 따로 말 안 해도 다 알겠지만, 그렇게 말해도 되지."

수아가 상식을 모르는 여울에게 뭐라고 하지 않고 친절하게 설명해준 덕분에 여울은 비행기를 타는 세 시간 동안 가우리의 풍습에 대해서 조금 더 배울 수 있었다. 비행기에서 내리는 게 아쉬울 정도였다. 비행기가 공항에 도착하자 둘은 나란히 입국 절차를 마치고 대합실로 나섰다.

"그런데 기숙사까지는 어떻게 갈 거야? 가는 길 알고 있어?"

"어, 학교에서 안내할 사람을 보내니까 표지판 같은 거 들고 있는 사람을 찾으라고 하던데."

"앗, 저기 저거!"

수아가 한쪽을 가리켰다. 짙은 검은 머리카락의, 누가 봐도 절대 북쪽 사람으로는 보지 않을, 가람의 시내에 있어도 누구도 이상하게 쳐다보지 않을 것 같은 단발머리의 사람이 두 개의 종이를 나란히 펼쳐 들고 서 있었다.

태학 신입생 반여울을 환영합니다
축! 남수아 수첩 기계어 작동기 구축 대회 대상 수상!

수아가 먼저 달려가 단발머리의 앞에 섰다. 단발머리가 수아를 보고는 남수아의 이름이 적힌 종이를 뒤로 하고 여울의 이름이 적힌 종이를 앞으로 고쳐 들었다.

"서랑이 너 나 보러 온 거야, 태학 신입생 예비학생회 대표로 온 거야?"

"둘 다. 잠깐만, 너랑 같은 비행기로 신입생이 온다고 했단 말이야. 잠깐만 기다려."

"여기 이 언니야, 소개할게, 여울 언니. 여기는 태학 신입생 예비학생회 홍보회장 경서랑. 서랑아, 이쪽은 태학 신입생 반여울 언니."

"아, 안녕하세요."

여울이 먼저 꾸벅 고개를 숙였다. 서랑은 놀란 표정으로 두 사람을 보고는 급하게 종이를 접어서 챙겼다.

그날 두 사람과 처음 만난 이후 여울의 가우리 생활이 시작됐다. 서울의 제1고등학교를 졸업한 학생들은 태학으로 진학하는 사람들이 많아서, 그 출신들이 예비학생회로 신입생 안내를 맡았다는 걸 나중에 들었다. 1학년은 기숙사에서 4인실을 쓰게 되어 있었는데, 여울과 수아, 서랑 세 사람은 같은 호실을 배정받았다. 한 사람이 더 배정되었지만, 유학생이라는 그 학생은 입학식까지 입소를 연기하다가 결국 입학을 취소했다. 편입생이 들어오면 세 사람의 방으로 배정받을 거라는 이야기가 있었지만, 2학년이 될 때까지 편입생은 들어오지 않았다. 셋은 1년간 같은 방을 쓰면서 신입생 공통 과정을 포함해서 줄곧 함께 보냈다. 수아와 서랑은 같은 고등학교 출신이었고 그때부터 친했던 사이였기 때문에 여울은 처음엔 그들 사이에 끼어 있는 게 어색하기도 했지만, 둘은 그런 여울의 마음을 아는 듯이 언제나 먼저 여울에게 손을 뻗었다.

서랑의 가족은 경효부에 있었기 때문에 만날 수 없었지만, 서울에 사는 수아의 가족들은 종종 서랑과 여울을 집에 초대했다. 수아의 동생들이 태학으로 찾아오기도 하고 같이 태학의 식당에서 밥을 먹기도 하면서 여울은 수아의 세 동생과도 가까워졌다. 서울 사람들은 경효부와 마찬가지로 어머니 중심으로 가족을 꾸리는 풍습을 갖고 있었으므로 수아의 성은 어머니의 성씨였다. 다만 아이의 아버지가 가족의 일원이 아닌 경우가 많은 서울 사람들과는 다르게, 수아의 집에서는 수아의 아버지가 중요한 일원이라는 것이 달랐다.

  1학년의 공통 수업이 끝나고 세 사람은 자신이 택한 전공으로 흩어졌다. 하지만 방은 여전히 인접해 있었고, 수아도 서랑도 언제든 문을 두드리고 여울의 방으로 왔다. 2인실이 1인실보다 넓어도 여울이 두 사람의 방으로 가는 경우보다 반대의 경우가 더 많았다. 셋은 서로의 방 열쇠를 복사해서 나눴다. 언제든 서로의 방에 들어갈 수 있다는 믿음의 표시였는데 주로 이용하는 건 수아뿐이었다. 수아는 1학년 전체에서 가장 친구가 많은 사람으로 꼽힐 만한, 누구와도 친하게 지내는 사람이었지만, 수업이 끝나고 일단 기숙사에 들어오고 나면 그 안에 세 사람만 있는 것처럼, 자신의 방 아니면 여울의 방에서 시간을 보냈다. 덕분에 여울은 서울에서 태어나 자란 수아 덕분에, 가람과 다른 가우리의 생활 습관을 좀 더 빨리 익힐 수 있었다.

  여울의 눈에 가우리의 서울과 가람이 가장 다르게 보였던 점은, 시내에 신체 보조장치를 한 사람이 정말 많다는 거였다. 보조장치 없이 바퀴의자를 타고 이동하는 사람도 종종 보였고, 팔이나 다리가 인공 신체인 경우에도 사람들이 별로 시선을 주지 않을 정도로 흔했다. 여울은 직접 만나지는 못했지만, 연구 전임 교수 중에는 시력 대신 촉각을 이용하는 보조장치를 머리에 설치한 사람도 있었다. 그들 누구도 가우리에서는 특별하지 않은 것 같았다.

태학 학생들의 나이도 다양했다. 고등학교를 졸업한 뒤에 다른 일을 하다가 몇 년 지나 태학에 진학하거나, 학교를 쉬고 다른 일을 하다가 돌아오는 사람도 있었다. 속진제 때문에 두 살이 어린 경서랑과 남수아 같은 아이부터, 20대 중반의 신입생이나 30대 후반의 재학생까지. 여울은 태학 신입생 중에 가장 수가 많은 열아홉 살 신입생이었지만 가장 튀는 학생이었다. 나이는 다양해도 가람에서 온 신입생은 여울 혼자였다. 지원자가 여울 혼자였는지, 다른 사람들이 불합격했던 건지는 알 수 없었지만, 그래서 신입생 사이에서는 1기숙사의 반여울이 꽤 화제가 됐다. 가람 혹은 대륙 밖의 다른 나라에서 살고 있는 가우리 사람들을 지원하기 위해서 나라마다 외청이 있고, 매번 고등교육기관에 진학하는 나이대의 사람들에게 태학에 대해 홍보활동을 하고 있다는 건 태학 학생들은 거의 다 알고 있는 사실이었다. 하지만 이미 다른 나라의 생활에 익숙해서 가우리에 오지 않으려는 사람들이 대부분이었다. 가족들이 이미 그 나라에 정착해 살고 있는데 혼자만 가우리에서 생활하는 것에 대해 두려운 마음도 있을 터였다.

학생들 사이에서 호기심의 대상이 되는 게 여울에게 그렇게 낯선 일은 아니었다. 유일하게 이곳에서 다른 존재라는 느낌을 받는 것, 사람들이 왜 네가 여기 있냐는 듯한 시선을 보내는 것, 모두 여울에겐 가람에서부터 겪어온 일이었다. 그런 시선을 전혀 받지 않으면서 군중 사이의 평범한 일원이 되는 일이 여울에게는 가장 어려운 것처럼 느껴졌다. 여울은 학교생활에 온 신경을 다 쏟으며 가우리에 적응해갔다. 시험 기간이나 과제가 많이 겹칠 때는 몸살을 앓을 때도 있었지만, 병원에 갈 시간도 아끼며 가람에서 챙겨온 상비약으로 때우며 버텼다. 그렇게 1년간 여울은 가우리에서 자란 사람들이 자연스럽게 익혀왔던 것들을 하나씩 배워갔다. 남들이 20년에 걸쳐 배우는 걸 1년에 따라잡기는 쉬운 일은 아니었지만, 그래서 모두와 대화하면서 이따금 어색해지는 순간이 없어질 수 있다면, 감수할 수 있다고 생각했다.

4

숨기려고 했던 것,
숨기려고 하지 않았던 것

 여울이 2학년이 되어 혼자 방을 쓰기 시작하고 얼마 되지 않았을 때였다. 학생 수첩에 새로 공지가 올라왔다. 학생들이 '기숙사 여행'이라 부르는 학년 단체 여행의 지역과 시기가 결정되었다는 소식이었다. 교양 공통 수업을 듣는 1학년을 마친 뒤 2학년 때부터 졸업할 때까지 봄과 가을에 한 번씩, 학년 단위로 4부의 전통 생활을 경험하고 문화를 배우는 여행을 가는 게 태학 학생의 의무였다. 6부 중에 태학이 있는 서울과 극동인 경효부를 제외한 네 성을 방문하는 여행이었다. 대륙의 중앙과 서부에도 산맥이나 사막으로 길을 내기 어려운 곳이 많았지만, 경효부는 아무르강이 서쪽과 남쪽을 감싸며 바다로 흘러가기 때문에 마치 섬처럼 대륙과 분리되어 있었다. 아무르강의 원류는 경효부의 북쪽 산맥에 있었으므로 실제로 섬인 것은 아니었지만, 경효부의 북쪽 '효맥산'은 가우리 안에서도 험하기로 유명한 산이어서 산을 넘어 경효부로 가는 것도 쉽지 않았다. 비행기가 대륙 중앙과 경효부를 오가기 전에는 아무르강의 흐름이 거세지 않은 날씨에 배를 타고 건너가는 것이 유일한 길이었다. 경효부와 서울 사이에는 정기적인 항공편도 한 달에 두 번밖에 없어서 기숙사 여행과 일정을 맞추기가 어렵기도 했다.

4부 여행 외에도 수업이 없는 시기에는 자신의 출신지와 그 외 지역을 같은 비율로 방문해 봉사활동을 해야 했고, 졸업하는 해에는 수업 대신 전공 관련 업종에서 직무 보조를 해야 했다. 태학 안내 책자에서 보았던 내용이었지만 입학하고 나서 보니 수업 외의 활동들이 태학에서 상당히 중요하게 다루어지고 있다는 걸 느낄 수 있었다. 어떤 활동이든 여울은 모두 열심히 참가할 거라고 결심했고, 그렇게 해 왔었다.

다만 첫 여행지로 정해진 곳이 문제였다. 2학년에서 여울이 속한 1기숙사의 여행지는 반양부였다. 여울은 가우리에 온 뒤에도 반양부에는 가지 않았다. 학교생활이 너무 정신없이 바빴고 수업을 따라가기에도 버거워서 갈 수 없다고 생각했지만, 여행지가 하필 반양부로 정해진 걸 보는 순간, 여울은 그동안 자신이 생각해왔던 게 변명에 지나지 않는다는 걸 깨달았다. 가려고 하면 못 갈 것도 없는 곳에 가는 게 무서워서 자신에게 계속 바쁘다고 말해왔다는 걸. 기숙사 사람들이나 여울과 같은 수업을 듣는 아는 사람들이 여울에게 말을 걸어왔다. 고향에 가게 됐다며? 1기숙사 사람들은 여울이 있어서 든든하겠네. 우리는 가는 곳이 모두 초행이어서 걱정이야. 웃으며 건네는 말들이 하나하나 마음에 박혔다.

수업을 마치고 기숙사로 돌아가려던 때였다. 갑자기 가슴 한쪽이 욱신 통증이 느껴지더니 하늘이 빙글 돌기 시작했다. 여울은 주변에 손을 뻗어 뭔가 붙잡으려고 했지만, 주변에는 아무것도 잡히지 않았다. 여울은 그 자리에 쓰러졌다. 주변은 계속해서 빙

글빙글 돌아갔다. 곧 여울은 정신을 잃었다.

 여울이 정신을 차린 곳은 병실이었다. 가우리에서 병원에 온 건 처음이었지만 병원의 천장이란 어느 나라든 비슷하구나, 여울은 처음 그렇게 생각했다. 정작 자신이 왜 여기에 있는지는 알 수 없었다. 기숙사로 가는 길에서 어지럼증과 통증을 느낀 것 외에는 생각나지 않았다.
 병실 문이 열리고 간호사와 의사가 들어와 여울을 보았다.
 "반여울 씨, 정신이 드셨네요. 태학 내에서 쓰러지셔서 구급차에 실려 왔어요. 같이 온 친구분은 수속만 마치고 돌아갔어요. 경서랑이라고, 같은 기숙사 친구라고 하던데."
 간호사가 여울의 수액을 확인하고 맥박을 짚어보고는 의사를 향해 조금 고개를 끄덕였다.
 "제가 왜 쓰러졌었나요?"
 여울이 물었다. 의사는 손에 든 수첩에다 뭔가를 기록하고는 여울을 보았다.
 "태학 2학년이죠? 심리적으로 압박이 심했나 봄

니다. 과로도 겹친 것 같고. 그렇게 과로와 심리적 압박이 겹치면 올 수 있는 질환이 겹쳤다고 보면 됩니다. 어지럼증은 머리의 균형 기관에 염증이 생겨서, 균형을 잃어버린 거예요. 신경염증입니다. 피로 때문에 흔히 생기지만 한번 생기면 재발하기 쉬우니까 주의하셔야 해요."

의사는 여울을 보고 덧붙였다.

"과로하지 않는 것도 중요하고, 마음을 편하게 하는 것도 필요하고, 갑자기 고개를 돌리거나 시선을 갑자기 옮기거나 하면서 재발할 수도 있으니까 언제든 '목은 천천히 움직여야 한다'는 걸 몸에 배게 해야 합니다."

언제 그렇게 어지러웠나 싶을 만큼 이제는 시야도 흔들리지 않고, 메슥거림도 없어졌지만, 여울은 고개를 끄덕였다.

"그리고, 가슴 쪽에 통증을 호소했다고 했죠. 위는 물론이고 내장 기관이 다 과로 때문에 예민해진 상태더군요. 여태까지 조금씩 통증이 왔을 것 같은데, 아닌가요?"

"조금씩 불편한 건 있었지만, 하온 먹고 좀 쉬면

매번 금방 괜찮아졌어요. 별일 아니었는데."

여울의 말에 의사의 표정이 굳었다.

"하온? 하온을 갖고 있었다고요? 어디서 처방받았어요? 반여울 씨의 의료 기록엔 없던데."

하온은 가람에선 집마다 갖고 있는 상비약이었다. 여울이 가우리에 올 때 챙겨왔던 상비약에도 하온은 당연히 들어 있었다. 상비약이 떨어지지 않았으니 여태 약을 더 구할 생각도 하지 않았고, 자신이 가지고 있는 상비약이 문제가 있을 거라고도 생각하지 못했다.

"설마, 가람에서 구한 겁니까? 가람에 아는 사람이 있어요? 아니, 그래도 약품을 우편으로 받을 수는 없을 텐데?"

의사가 걱정스러운 표정으로 물었다.

"가람에서 가져왔어요, 태학에 올 때, 상비약으로 챙겨왔죠. 가람에선 어디든 살 수 있는 약인데."

"반여울 씨, 아직 그 약들 남아 있습니까? 기숙사에 있으면 친구한테 말해서 병원으로 가지고 오라고 하세요. 하온 말고 다른 약도 봐야겠습니다."

의사가 보는 앞에서 여울은 수첩으로 서랑에게

쪽지를 보냈다. 서랑과 수아에겐 함께 쓰는 여울의 방 열쇠가 있으니, 여울의 방에서 상비약을 찾기는 어렵지 않을 터였다. 여울은 서랑에게 상비약 상자가 있는 곳을 알려주고 괜찮은 시간에 병원으로 갖고 와달라고 부탁했다. 그리고 서랑에게 보낸 쪽지 내용을 의사에게 보였다.

"가람에선 하온 같은 약을 약국에서 살 수 있다는 건 들었지만, 실제로 본 건 처음이어서 너무 강하게 말한 것 같군요. 미안합니다. 하지만 정말 심각한 일이어서. 하온의 원료가 하시인 건 알고 있지요? 하시를 정제해 효능만 남기겠다고 개발한 약이지만, 중독성 역시 하시만큼 강해서, 제한된 경우에만 처방하는 약이에요. 그렇게 쉽게 몸이 아플 때 자기가 판단해서 먹어도 괜찮은 약이 아닙니다."

여울은 가람에서 보았던 하시 중독자들의 모습을 떠올렸다. 하시 풀 냄새를 지금도 선명히 떠올릴 수 있을 만큼, 중독자들은 하시 냄새에 찌들 정도로 하시를 피고 또 피웠다. 그런 하시만큼 하온이 중독성이 있다고는 누구도 말한 적이 없었다. 어떤 약이든 습관성이 될 수 있으니까 참는 게 좋다고 말하는 사람들도 있긴 했지만, 병원에 가는 것보다 약국에 가는 게 훨씬 쉽고 간단했다.

"무엇보다 안정하는 게 중요해요. 태학 생활이 쉽지 않다는 건 알지만, 그렇다고 몸을 상하게 하면 안 됩니다. 친구가 학교에 대신 보고해주기로 했으니까 수업은 걱정하지 말고요."

"다음 주에 기숙사 여행을 가는데요."

의사는 벽에 걸린 달력을 힐끔 쳐다보고는 고개를 끄덕였다.

"그렇군요, 그런 시기네요. 사흘 정도 입원해서 충분히 쉬면 퇴원할 수 있을 거니까, 기숙사 여행은 갈 수 있을 겁니다. 2학년이면 첫 여행인데, 빠지지 않아도 돼요."

의사는 간호사에게 혹시 자기가 없을 때 약을 가지고 오면 보관했다가 자신에게 넘겨달라고 했다. 간호사가 뭔가 기록하는 게 보였다. 철들 때부터 집에 있었던 약이 이렇게 심각하게 다뤄질 일이라는 게 여울은 여전히 적응이 되지 않았다. 역사며 문화 공부를 1년간 해도 이 나라에서 당연한 게 여울에게는 당연하지 않은 게 이것 외에도 또 있겠지 생각하니 마음이 답답해졌다.

다음 날, 수업이 있는 날처럼 일찍 눈이 뜨인 여울에게 제일 먼저 찾아온 건 가슴 통증이었다. 침대 맡 버튼으로 호출하자, 야간 담당 간호사가 곧바로 수레를 밀고 병실로 찾아왔다.

"제가 지금 속이 어제처럼 아픈데요, 아프면 부르라고 하셔서……."

"담당 선생님께서 공복에 통증이 올 수 있다고 하셨어요. 이걸 드시고, 잠시만요."

간호사가 건넨 건 따뜻한 물이었다. 맹물처럼 보였지만 마셔보니 소금물 같기도 하고 곡식이 든 것 같기도 한 옅은 맛이 느껴졌다. 천천히 물 한 잔을 비우는 동안 간호사는 여울의 가슴 위로 따뜻한 주머니를 올렸다.

"아침을 드시고 나면 약 처방이 나올 거예요. 이거 올리고 계시고요, 온기가 식으면 그냥 치워두시면 돼요."

"어제 병원에서 일어났을 땐 안 아팠는데요."

"약효가 돌 때쯤 깨어나셨으니까요. 약이 속을

자극할 수 있어서 아침 드시고 드셔야 해요. 담당 선생님 처방이니까 따라주세요."

"네……."

어린아이로 돌아간 것처럼 침대에서 온열 주머니를 올리고 누워 있자니 창밖으로 새소리가 들리기 시작했다. 주머니가 더 이상 따뜻하지 않게 되자 주머니를 치웠다. 물에 뭐가 들었든 효과는 있는 모양이었다. 아침을 먹고 조금 뒤 약을 먹을 때까지 통증은 더 찾아오지 않았다.

행동이 불편한 건 아니어서 점심까지 병실에서 먹고 난 뒤에 여울은 수액을 꽂은 채로 병원 여기저기를 걸어 다녔다. 가만히 앉아 있기에는 너무 지루하기도 했고, 간호사 역시 병원 안을 산책하는 건 괜찮다고 했다. 혹시 모를 연락을 받으려 수첩을 챙기고 여울은 옅은 노란 빛으로 칠해진 건물이 잘 보이는 정원을 천천히 걸어 다녔다. 병원에 있다고 하면 집에서 걱정할 테니 다음에 전화 통화를 할 때 하온은 먹지 말라고 말을 해둬야겠다고 여울은 생각했다. 가우리에서 학교에 다니더니 별소리를 다 한다는 말을 들을지도 모르지만.

"너 만나러 지금 가는 길인데, 왜 나와 있어?"

수아의 목소리에 여울은 고개를 돌렸다. 왼팔을 팔꿈치부터 부목으로 고정한 수아가 한 손에는 작은 종이가방을 들고, 늘 메고 다니는 가방을 한쪽으로 멘 채 여울을 보고 있었다.

"서랑이가 온다고 했는데, 내가 병원 오는 날이라서 대신 왔어. 이거, 부탁한 거."

수아가 여울에게 종이가방을 건넸다. 가방 안에 여울이 가람에서 가져온 작은 구급함이 들어 있었다.

"고마워. 팔은 왜 그래? 언제 다쳤어? 어제 봤을 땐 괜찮았잖아. 무슨 일 있었어?"

"아, 이거, 다친 거 아니고, 올해가 교체하는 주기라서. 오전에 이거 교체했어. 저기 별관에서."

수아가 가리킨 건물은 노란 병원 건물 본관 바로 옆 옅은 하늘색 건물로, 태학 부속 병원 별관이라는 간판이 붙어 있었다.

수아가 팔꿈치 쪽을 감싸고 있는 천을 조금 걷어 안쪽을 드러냈다. 누가 봐도 팔이 아닌, 합성 고무로 만든 것 같은 부분이 팔꿈치를 덮고 있었다.

"다친 거야……? 이게 뭐야? 나 이런 건 처음 보

는데……. 관절 다쳤어?"

"아, 맞아. 여울이 너는 모르는구나. 나 또 깜빡했네."

수아는 다른 쪽, 손가락을 덮고 있는 천을 조금 들어 보였다. 금속으로 된 은빛 손가락이 손이 있어야 할 자리에 있었다.

"오늘 잘 움직이는지 보고, 내일 와서 인공 피부로 덮을 거야. 아직은 연결 부위를 조심하라고 해서. 이거, 내 왼손. 이거 처음부터 설명하려면 좀 긴데. 우리 어디 앉을까?"

수아는 주변을 둘러보더니 나무 아래에 있는 긴 나무 의자로 걸어가 앉았다. 여울은 얼른 그 옆으로 가서 앉았다.

"현대사는 어디까지 알아? 태백 소요는 들어봤어?"

"배웠어. 가람에서도 배웠고, 여기 와서도."

태백 소요는 가우리가 국가를 수립한 이래 몇 번이나 있었던 가람과 가우리 사이의 국경에서 일어난 무력 충돌 가운데 가장 최근에 일어났던 사건이다.

'대환란' 때, 불의 비가 내리고 지진이 국지적으로 일어나고 해안선이 바뀌었다. 대륙의 북부 극지방을 포함한 거대한 땅과 그곳에 있던 나라 '오'가 사라지고 대륙은 좁아졌다. '오'의 사람들 중 일부는 남쪽으로, 지금의 가우리 땅에 이주해 살아남았는데 이들이 지금의 '오송부'가 되었다. 대륙의 북쪽에서 가람의 서쪽까지 이어져 있던 큰 나라 '서국'은 해안 지역에 대도시가 집중되어 있었고 수도도 해안에서 가까웠는데 대환란으로 곳곳에 지진해일이 일어나고 대륙의 해안선이 바뀌는 중에 대부분의 도시를 잃었다. 수도와 산업의 중심을 모두 잃은 서국은 국가를 수습하는 데 힘을 쏟는 데 긴 시간을 보내야 했고, 세계의 중심에서는 서서히 멀어졌다. 가람의 동쪽에는 지금의 가우리와 가람을 모두 합한 면적의 두 배 정도 되는 둥근 대륙이 있었는데, 저지대가 물에 잠기고 지진으로 길이 끊어지면서 면적도 사분의 일로 줄어들었고, 대륙 역시 세 개의 섬으로 나뉘면서 명목만 '동국'이라는 나라 이름을 유지할 뿐 서로 다른 세 지역이 독자적으로 삶을 영위하기 시작했다. 가람은 가람 안의 풍습을 하나로 만들고자 했고, 이에 반발한 이들이 가람에서 떠나오게 된 원인이 '경성 내전'이었다. 이들을 중심으로 가우리가 세워졌고, 북부의 네 무리가 가우리라는 이름 아래에 하나가 되었다.

'대환란'과 '경성 내전'을 지난 뒤에도 환란은 끊이지 않았다. 거의 20년을 주기로 기상이변이 일어났다. 대환란만큼 세계를 뒤흔들 정도는 아니더라도, 수많은 사람들이 생명을 잃었다. '태백 소요'는 5차 환란, 대가뭄에서 3년이 지나 일어난 일이었다. 대가뭄이 20년 주기의 기상이변이라고 보아 5차 환란이라고 부르는 것이 일반적이지만, '태백 소요'가 인간이 만든 최초의 기상이변이고 더 큰 피해를 안겼다는 점에서 태백 소요를 5차 환란이라고 불러야 한다고 하는 사람도 있다.

가람의 역사서에는 태백 소요의 시작이 가우리에서 태백의 태하강에 쌓은 거대한 둑과 연구소 때문이라고 말한다. 그 둑은 대가뭄으로 수많은 사람들이 기아에 허덕이고 식량난에 시달린 가우리가 가람의 수도 가까이, 가람까지 이어지는 물길과도 가까운 태하강에 가람을 삼키기 위해 가람을 수몰시키려고 쌓은 것이었다. 폭우가 잦은 태백 지역에서 만수 때 일시에 수문을 열면 그 수량은 가우리와 국경을 맞대고 있는 가람의 국경 지방을 모두 초토

화시키고, 태하강에 근원을 두는 가람의 지류까지도 영향을 줄 위험이 있었다. 지금까지 세운 적 없는 거대한 댐을 건설하기 위해 이능력자를 포함한 태학 출신 연구자들이 태백에 연구소를 세웠다. 가람은 이들이 둑을 함부로 개방하지 않도록 정기적으로 가람에서 순찰 비행을 했다. 가우리의 동의를 얻은 비행이었다.

가우리의 역사서는 태백 둑이 가뭄을 해결하기 위한 마열부의 노력이었다고 기록한다. 대가뭄으로 물의 관리가 중요해졌기 때문에 농사를 안정적으로 지을 수 있도록 장기적으로 물을 확보할 수 있어야 한다는 요구 때문에 세워진 것이다. 유목의 풍습을 가진 초명부, 반양부가 가뭄에 힘든 건 물론이었지만 농사를 짓는 마열부는 부의 생존이 걸린 문제였기 때문이었다. 서쪽으로는 아무르강, 동쪽으로는 바다를 가진 초명부와 달리 반양부는 태하강만이 생명줄이었다. 태학 졸업생들, 이능력자들이 태백에 모여 물을 이용하고 농사를 보다 안정적으로 지을 수 있는 기술을 연구하기 시작했다. 가람은 둑의 안전이 가람에도 영향을 준다며 순찰권을 주장했고 가우리는 승인했다. 비행기는 연구소와 둑 근처를 둘러보고 가람으로 돌아갈 예정이었으나 돌연 방향을 틀었다.

두 나라가 공통으로 인정하는 것은 한 가지 사실이었다. 가우리의 국경 지역에 있었던 연구소에 소형비행기가 추락했다는 것. 그게 가우리가 격추한 것인지, 가람이 가우리를 공격한 것인지, 아니면 비행선 조종사의 과실 때문인지는 두 나라의 주장이 달랐다.

비행기에 타고 있던 조종사는 즉사했고, 비행기의 폭발을 시작으로 연구소 건물이 무너지며 연구소의 직원들 대부분이 심하게 부상을 입었다. 폭발한 비행기의 운행 기록이 모두 손상됐고 조종사까지 즉사하면서 원인을 밝힐 방법은 없어졌다. 거기에 가뭄이 다시 시작됐다. 저장된 물은 남지 않았고 사람들은 작물이 말라가는 것을 지켜보는 것 외에 할 수 있는 것이 없었다.

두 나라는 국경 근처에서 일주일간 최대한의 병력으로 대기했다. 무장 충돌이 일어나면 대규모 전쟁이 될 수도 있다는 우려에 두 나라가 공감하면서,

양국은 비행기 운항이 가능한 지역을 다시 협의했고 분쟁은 마무리됐다. 양국 모두 완전히 수긍할 수 있는 것은 아니었지만, 매번 국경에서 충돌이 일어났을 때 장기적으로 인명 피해가 적지 않았기 때문에 최대한 빨리 수습하는 게 중요했다.

"그때 우리 엄마는 연구소에 계셨고, 아빠는 엄마가 실려 갔던 병원의 간호사였어. 두 분은 사귀는 사이였는데 엄마가 실려 온 걸 보고도 아빠가 침착하게 치료를 시작해서 사람들은 눈치를 못 챘대. 엄마는 건물이 무너진 잔해에 깔려서 구조돼서 의식을 차리는 데도 한참이 걸렸대. 부상도 심해서, 의식을 차렸다가도 통증이 너무 심해서 기절하곤 해서, 항염증제에, 진통제에, 약이 상당한 양이었겠지. 그리고 엄마가 겨우 부상에서 회복했을 때는 엄마 배 속에 내가 있었던 걸 알게 된 거야."

여울은 태백 소요가 일어났던 시기를 속으로 꼽아보았다. 수아의 나이와 정확히 맞는 시기였다.

"두 분이 출신 부가 다르니까, 연구소와 병원이 함께 하는 일도 많으니까, 두 사람이 사귀는 사이라고는 생각 못 했던 거겠지. 엄마도 내가 생긴 걸 몰랐고, 아빠도 몰랐고. 유산되지 않은 게 기적이라고 했대. 엄마 아빠는 그래서 날 낳기로 했지. 왼쪽 팔과 손, 왼쪽 다리와 발이 제대로 자라지 않는다는 걸 알고 나서 엄마는 날 위한 손발을 만들어주기 위해서 연구를 계속하셨어. 다섯 살 때 처음 손과 발을 받았고, 그 뒤로는 자라는 데 맞춰서 교체하고."

"……."

여울은 무슨 말을 해야 할지 알 수 없었다. 1년을 같은 방을 썼지만, 수아의 손발이 어색하다고 느낀 적이 없었다. 선천적이거나 후천적인 장애 때문에 인공 팔다리를 쓰는 사람이 있다는 건 알고 있었다. 같은 기숙사인 송이경도 시각장애 때문에 시신경 보조장치를 달고 있었고, 연구 전담 교수님 중에는 입력기와 출력기를 이용해서 대화해야 하는 사람이 있기도 했다. 하지만 수아는 겉으로 봤을 때는 전혀 이상해 보이지 않아서 눈치챌 수가 없었다. 수아는 평온하게 말했지만, 여울은 놀람과는 다른 감정 때문에 마음이 불편해졌다. 태백 소요가 일어나지 않았다면, 가람의 비행기가 연구소에 추락하지 않았다면, 수아가 계속 인공 손발을 교체해 가면서 자라지 않았어도 되었을 거였다. 태백 소요. 어쩌면 어머니가 관련되었을지도 모르는, 그리고 어쩌면 여울이 자란 가람에서 일으킨 일일지도 모르는 사건 때문에.

"너 만난 날, 서랑이가 공항에서 마중 나왔을 때, 종이 푯말 들고 있었던 거 기억나?"

"그럼, 수첩 기계어 작동기 구축 대회 대상 축하한다고 적혀 있었잖아. 너 보고 바로 뒤로 넘겼지만, 세 시간을 수다 떨며 온 상대가 기계어로 수첩 작동기를 짜는 사람이래서 얼마나 놀랐는데. 기숙사 들어오면서 학교 이야기 듣느라 그땐 말 못 했지만."

"그 대회, 가람에서 열려서 일부러 갔던 거다? 처음 만났을 때 길 헤매고 있었던 거 기억나? 그게 예선 때였어. 비행기 타고 만났을 때는 결승 끝난 뒤였고. 그 대회에서 대상 타서, 신문 기자들이 기사 쓰려고 나한테 질문하러 오면 내가 큰 소리로 말하려고 그랬어. 내가 태백 소요의 생존자라고. 당신네 비행기 때문에 우리 엄마가 다쳤고, 배 속에 있던 나도 다쳤다고."

"대상 탔잖아. 성공했어?"

비행기에 오를 때 서랑과 통화를 하던 여울의 밝

은 목소리를 생각했다. 후련해 보이던, 뭔가 기쁜 일이 있었던 것 같기도 하고 뭔가 큰일을 해결한 사람 같기도 했던.

"아니, 기자들이 금상부터 동상까지 가람 사람들에게만 뛰어가서 질문하고, 나는 상 받고 나서 꿔다놓은 보릿자루처럼 서 있다가 그냥 단상에서 내려왔지. 그거 보니까 그런 생각이 들더라고. 내가 뭐 하러 그런 걸 하려고 여기까지 왔을까. 이 사람들은 내가 가우리 사람이라서, 북쪽 사람으로 보여서, 질문조차 던지지 않을 정도로 없는 사람처럼 대하는데."

수아의 금속 손가락 끝이 까딱거렸다.

"그런데 넌 내가 가람에서 살았던 거 알았으면서 어떻게 그렇게 계속 말 걸어주고, 기숙사 안내해주고 그런 거야? 처음엔 몰랐어도 나 가람에서 만났었으니까 알았잖아. 가우리에서 태어났어도 나는 그때까지 정말 가람 사람으로 살아왔는데."

"처음엔 그냥 호기심이었지. 누가 봐도 가람 사람 같은데 가우리 여권 꼭 쥐고 있어서 신기해서 말 걸었던 거고. 가람에서 만난 거 알고 바로는 조금 놀라기만 했는데, 이름 말하는데 반양부 사람이라서, 아,

가람에서 쉽지 않았겠다, 싶었거든. 두 살이나 많다는데 꼭 동생 보는 기분이더라고. 너 수용이 많이 닮았거든. 내 동생 수용이. 맨날 사람 기분 살피고, 말할 때 두세 번 생각하고. 눈매도 비슷하고."

수아의 셋째 동생 수용이, 남수용은 여덟 살 때 수아의 어머니가 입양한 아이였다. 수아 아빠가 일하는 병원에서 유일한 가족인 엄마를 잃고 혼자 남은 아이였는데, 아빠가 수아 어머니에게 소개해서 입양하게 된 동생이었다. 인연이었는지 수아처럼 수첩 언어에 관심이 많아서 속진으로 내년에는 수아가 졸업한 제1고등학교에 입학하게 된다고 했던, 수아가 무척 아끼는 동생. 그 애가 사람 눈치를 살피는 버릇이 있는지 여울은 전혀 눈치채지 못했다. 수아를 만나러 태학에 온 수아 동생들을 만나 태학 식당에서 같이 밥을 먹은 적도 몇 번이나 있었는데도.

"손, 숨긴 건 아닌데, 숨긴 것처럼 돼버렸네. 사과할게. 서랑이는 고등학교 때부터 알고 있었고, 나 아는 사람들은 거의 다 아는 일이라서 너도 알고 있다고 생각했어."

"숨기려고 했던 거 아닌데 뭘 사과해. 숨기려고 해

도 할 수 없고. 비밀 없는 사람이 어디 있겠어."

여울의 말에 수아가 여울을 빤히 쳐다봤다.

"난 여울이 네 비밀이 뭐든, 누구에게도 말하지 않을 거고, 이해할 거야. 너는 나한테 그랬으니까."

여울에게 비밀이 있다는 걸 마치 알고 있는 것 같은 말이었다. 어떻게 대답하면 좋을지 몰라 여울은 수아에게 그저 웃어 보였다. '비밀'이라는 말에 자연스럽게 떠올리는 것은 언제나 한 가지였다. 오래전부터 숨겨왔기 때문에 이제는 숨기고 있는 상태가 더 쉬운, 아는 사람이라곤 이 세상에 세 사람밖에 없는 비밀. 평소에 의식해본 적도 없는데도.

"참, 서랑이 말로는 저거, 약이 들었다던데. 의사 선생님이 갖고 오라고 했다고."

"응, 가람에서 올 때 가져온 거야. 거기서 아플 때 먹었던 약."

"약은 왜 갖고 왔었는데? 여기서 병원 가기 힘들 것 같았어?"

"아니 그런 건 아니고, 가람에선 어지간히 아프지 않으면 병원 잘 안 갔거든. 먹던 약을 여기서 어떻게 사면 되는지도 모르니까, 그래서 갖고 왔었어."

여울의 말에 수아는 종이가방을 힐끔 쳐다보고는 조금 한숨을 내쉬었다. 그 표정에 마음이 편하지 않았지만, 낯선 땅에 살러 가는 기분을 어떻게 설명하면 좋을지, 수아가 이해할 수 있을지, 여울은 알 수 없었다.

"퇴원은 언제 해? 기숙사 여행은 갈 수 있어?"

"이제 벌써 안 아픈데, 사흘은 입원하래서. 주말엔 기숙사에 돌아갈 거니까 여행은 갈 수 있어."

"다행이네. 푹 쉬어. 의사 선생님 말씀 잘 듣고."

"수용이 닮았다고 수용이 대하듯이 하는 거야?"

여울이 웃으며 말하자 수아도 피식, 웃으며 일어났다.

"가볼게. 내일은 서랑이도 올 거야. 서랑이 너 쓰러지는 거 보고 많이 놀랐더라. 괜찮아 보이더라고 전해줄게. 그래도 서랑이 성격에 내일 너 봐야 안심하겠지만."

"이거 전해주려고 일부러 와줘서 고마워."

여울이 말하자, 수아의 걸음이 멈췄다. 여울이 의아한 표정으로 수아를 보았다. 수아의 얼굴에 잠시 웃음이 사라졌다가, 곧 표정이 풀렸다.

"딱 오늘까지만 이 말 하고 이제 안 할게. 그런 게 수용이 닮았다는 거야. 우리 친구잖아. 이거 전해주려고 일부러 온 거 아니야. 너 보러 온 거야. 온 김에 이걸 가져온 거야. 순서가 달라."

수아는 정말로 그날 이후로는 자기 동생을 닮았다는 말을 다시는 하지 않았다. 하지만 수아가 한 번씩 표정이 조금씩 굳을 때면, 여울은 자기 행동이나 말이 뭔가 수아를 불편하게 했다는 걸 알았다. 그렇게 수아의 표정을 보게 되는 게 여울이 동생 수용을 닮았다는 뜻이었지만, 그건 어떻게도 바꿀 수 없는, 몸에 밴 버릇이었다.

의사는 서랑의 약통을 보더니 약 대부분을 다 덜어내고, 피곤하면 먹던 영양제만 남긴 후 돌려줬다. 하온뿐 아니라, 나머지 약들도 다 의사의 처방을 받아서 단기간만 써야 하는 약이라고 했다. 의사는 가람에 살고 있는 가족에게도 안내해주면 좋겠다고 넌지시 말을 덧붙였다. 여울은 그렇게 하겠다고 말하고, 의사가 시킨 대로 병실에서 수첩으로 책을 읽거나 산책을 나가거나 했다.

나흘째 아침, 여울은 퇴원할 준비를 했다. 의사도 간호사도 따로 뭘 준비하라고 한 건 없었다. 병원비는 걱정이 됐지만, 태학 학생인 걸 알고 있으니까 분할 납부든 뭐든 될 거라 편하게 생각했다. 큰돈이 한꺼번에 필요할 일이라면 미리 말을 해줬을 거니까. 하지만 환자복을 벗고 서랑이 지난 오후에 가져다준 갈아입을 옷을 입고 나자 슬슬 걱정이 되기 시작했다. 가우리 사람들에게는 너무 당연한 일이어서 말을 안 했던 건 아닐까. 병원비 때문에 퇴원이 안 되어서 여행을 못 가게 되면 어떻게 하나.

여울은 짐을 다 정리한 뒤에 병실을 나서 간호사에게 갔다. 간호사는 여울을 보더니 자리에서 일어나 웃었다.

"반여울 씨, 준비 다 되셨어요? 보호자분은 지금 수속하러 가셨으니까 여기서 조금만 기다리세요."

"보호자요?"

"네, 경소휘 님이요."

처음 듣는 이름이었지만, 성을 듣는 순간 아, 느낌이 왔다. 경서랑 집안의 사람인 거다. 서랑과 같은 대의 아이들은 모두 서로 시작하는 이름을 갖고 있고, 어머니 대의 사람들은 소로 시작하는 이름을 갖고 있다는 걸 들은 적 있었다. 서랑의 어머니 성함은 아니었다. 서랑의 어머니, 그러니까 경효부의 부장은 새벽 첫 별과 함께 태어나서 새벽 신 자를 이름으로 받았다는 말을 서랑에게 들었다. 서랑이 천둥과 번개가 칠 때 태어나서 밝을 랑 자를 이름으로 받은 것처럼.

"아, 저기 오시네요, 경소휘 님. 그리고 반여울 씨 친구분 경서랑 님."

"여울아, 왜 나와 있어, 짐 다 쌌어? 수속 다 끝나면 병실로 가려고 했는데."

간호사가 가리키는 곳을 보니 두 사람이 여울을 향해 걸어오고 있었다. 바람에 옷자락이 날리는 빛나는 황색 덧옷부터가 강한 인상이었다. 하나로 묶어서 올린 검은 흑단 같은 머리카락도, 덧옷 색과 똑같은 안경도. 그 옆에 서서 여울에게 말하는 서랑이 한참 작아 보이는, 키가 훤칠한 사람이었다. 황색 덧옷의 사람이 가까이 와서 여울을 보며 환하게 웃었다.

"처음 뵙겠어요, 반여울 씨. 우리 서랑이에게 도

움을 많이 준다고 들었어요. 만나서 반가워요. 나는 서랑이 이모, 서울에 경효부 특산품을 공급하는 일을 하고 있어서 자주 서울에 와요. 전부터 만나고 싶었는데 이제야 만나네요."

여울은 얼떨결에 꾸벅 고개를 숙여 인사했다.

"반여울입니다. 서랑이한테는 제가 도움을 많이 받습니다. 처음 뵙겠습니다."

"수속은 다 끝났어요. 반여울 씨 가족이 멀리 계신다고 해서 내가 했어요. 앞으로 가람에서 약품 같은 거 오면 꼭 병원에 와서 상의하라고 하고, 그리고 비슷한 통증 오면 병원으로 오라고요. 이제 기숙사로 돌아가도 돼요."

"아, 병원비는 어떻게…, 액수를 알려주시면 제가 바로는 못 갚아도 나눠서 갚을게요."

여울의 말에 경소휘가 의아한 표정을 지었다가, 이내 조금 웃었다.

"병원비, 맞아, 반여울 씨 가람 출신이라고 그랬죠. 태학 학생은 의료 지원을 받아서, 병원비는 없어요. 보호자는 퇴원 후 주의 사항 듣는 사람이고. 서랑이가 하려고 했는데, 퇴원할 때 보호자는 환자보다 어린 사람은 안 되거든. 반여울 씨 한번 만나고 싶었는데 잘 됐죠."

"너한테 미리 보호자 이야기하면 걱정부터 할 거 같아서. 그렇다고 이모가 온다고 하면 너 또 신세를 졌다고 미안하다고 끙끙댈 거 같아서 미리 다 끝내고 가려고 했어."

서랑이 말했다. 여울은 두 사람에게 고맙다고 계속 고개를 숙였다. 간호사는 벌써 여울이 가람에서 왔다는 걸 알고 있었지만, 그 사실을 알든 모르든 여울이 온 곳이 '먼 곳'이라고만 말해주는 경소휘가 고마웠고, 여울이 곤란할 일을 미리 생각해서 배려해준 서랑이 고마웠다.

여울이 짐을 들고 두 사람과 함께 병원을 나와 기숙사에 돌아오자, 여울의 방은 깔끔하게 정리된 상태였다. 여울이 급하게 아침에 수업을 들으러 갈 때 침대 위에 던졌던 덧옷도 잘 걸려 있었고, 입원할 때 환자복으로 갈아입으면서 벗었던 옷도 세탁해서 침대 위에 잘 개어져 있었다. 퇴원한 뒤에 돌아왔을 때 조금이라도 편하게 쉴 수 있도록 서랑과 수아가 신경을 써준 게 분명했다.

서랑과 경소휘가 돌아가고 여울은 자신의 방 침대에 앉아서 아직 수아와 서랑에게 말하지 않았던 것에 대해서 생각했다. 수아는 자신이 숨기지 않았지만 말하지 않았던 것에 사과했다. 여울은 두 사람에게 숨겨온 것을 말할 수 있을까. 그걸 말하면 두 사람은 어떻게 자신을 볼까. 세 사람의 관계는 예전 그대로 있을 수 있을까. 여울은 밤늦도록 생각으로 잠을 이루지 못했다.

5

초원의 아이가 초원에 간 날

전체 기숙사의 주 입구에 승합차가 빼곡하게 줄지어 서 있는 아침이었다. 학생들은 기숙사 번호와 목적지가 적혀 있는 승합차 중에서 자신이 탈 차를 찾아 하나씩 올라타기 시작했다. 기숙사에서 머물지 않는 학생들 역시 따로 차 두 대에 모여 여행에 참여했다. 건강상의 문제라든가 사유서를 내면 기숙사 여행에 불참할 수도 있었지만, 그런 학생은 거의 없었다. 졸업할 때까지 모든 기숙사 여행에 참여하는 것이 태학 학생들 사이의 불문율이었고, 선배들을 통해서나 사전 안내를 통해서 불참을 최대한 피하도록 권유받았기 때문이었다.

"반양부는 지금 날씨가 어때? 북쪽이니까 좀 더 추운가?"

다른 학생들이 모두 도착하길 기다리며 같은 과 송이경이 여울에게 말을 걸었다. 여울은 조금 웃으며 수첩을 펼쳤다.

"오늘 최고기온은 서울보다 높네. 건조하고 바다가 멀어서 기온 차가 큰 편이야. 저녁은 좀 서늘할지도."

"반양부 날씨인데 수첩으로 찾아봐야 하는 거야?"

"날씨가 맨날 같아? 기상청도 아닌데 여울이가 어떻게 알아. 이경이 너는, 오송부 오늘 날씨 알아?"

수아가 끼어들었다. 이경은 수아의 말을 듣더니 조금 머쓱해하며 웃었다.

"'계시'가 오는 게 아니면 나도 잘 모르지. 맞아, 나도 아빠한테 안부 전화하기 전에 오송부 날씨 확인하고 전화하는데. 미안, 이상한 소릴 했네."

이경은 '계시'의 이능을 갖고 있었다. 이경의 할아버지가 전대의 이능력자였다. 오송부에서 이어지는 계시의 이능은 다른 이능과는 다르게 전대가 세상을 뜬 뒤에야 다음 대의 이능이 발현해서, 한 대 걸러

나타나는 경우가 많았다. 누가 이능을 잇게 될지 모르기 때문에 집안의 아이들은 어릴 때부터 언젠가 이능이 발현하더라도 당황하거나 그에 맞는 태도를 못 갖추는 일이 없도록 모두 교육을 받았다. 이경의 이능이 발현한 건 태학에 입학하기 2년 전이었다. 할아버지가 돌아가신 뒤 장례식장에서 이경은 태학의 교가를 계시로 들었다. 첫 이능은 강렬하지만 불명확해서, 이경은 그게 태학에 가고 싶은 마음 때문에 생긴 환상인지 이능인지 확신할 수 없었다고 했다. 사촌들 사이에서 누구도 이능이 발현한 사람이 없다는 걸 알게 되고, 강변 공원에 친구들과 함께 갔다가 폭우로 강물이 범람하는 걸 보고 모두를 대피시킨 것이 처음으로 이능으로 사람을 구한 순간이었다.

"날씨 같은 것도 계시로 와? 기상이변 정도 되는 게 아니어도?"

"계시가 워낙 다양해서. 할아버지는 계시가 필요할 때 부를 정도로 힘이 강하셨다는데, 난 아직 몇 년 안 돼서 그 정도는 못 돼."

이야기가 이경의 이능으로 옮겨가서 여울은 반양

부와 자신의 이야기를 할 기회를 놓쳤다.

"우리 기숙사는 오송부 언제 갈까? 오송부에 가면 우리 부모님 굉장히 좋아하실 텐데."

"아, 오송부는 '부모님'이 같이 사시지?"

"응, 초명부하고 같아. 보통 아빠 성 받고. 하지만 초명부처럼 아빠 형제들이랑 사촌들이랑 다 같이 살진 않아. 성인 되면 나가 사는 게 보통이거든. 자기 가정을 꾸려서 가끔 연락이나 하고 지내는 정도지. 나도 졸업하고 집으로 돌아가진 않을 것 같고."

오송부는 북쪽 극지방 가까운 지역까지 넓은 땅에 걸쳐져 있던, 대환란 때의 불의 비와 지진 이후로 사라져버린 '오'의 후예들이었다. 여울에게 태학을 처음 소개했던 외청 직원 오원이 오송부 사람이었기 때문에 여울도 오송부에 대해서는 조금 알고 있었다. 가람도 지금은 오송부와 비슷한 풍습을 갖고 있지만 예전에는 초명부와 같았다. 두 사람이 모여서 부부를 이루고, 아버지를 중심으로 가족이 꾸려지고, 그 자손이 또 부부가 되어 아이를 낳아도 계속해서 아버지의 아버지 가족 내에 속해 있었다고 했다. 가람에서는 농사를 짓는 데는 일손이 많이 필요해서 자연스럽게 생겨난 풍습이었고, 초명부에서는 추운 겨울과 메마른 여름을 이겨내기 위해서는 사람이 많은 게 살아남기에 좋아서였다. 초명부도 반양부도 유목하는 고장이었지만, 반양부는 경효부처럼 어머니 중심의 가정을, 초명부는 아버지 중심의 가정을 이뤘다. 가람에서는 농사를 짓지 않는 지역, 도시에서는 이제 대가족이 함께 사는 풍습은 거의 찾아보기 어려워졌고 아버지를 중심으로 가족을 이루는 것만이 남아, 오송부와 비슷한 풍습을 갖게 되었다.

기숙사 학생들은 오랜만에 다른 부의 이야기를 그 부 사람들에게서 직접 듣게 되어 신나게 이야기를 시작했다. 서울에 오면서 자신이 살아온 것과 다른 문화를 보며 적응하려 노력해왔던 학생들도 집 이야기를 즐겁게 들려주고 있었다.

"초명부는 반양부가 더 가까운데, 풍습은 오송부하고 더 비슷하네. 신기하다."

"가족 꾸리는 것만 그렇지. 집 짓는 거, 생활하는 거 다 보면 초명부하고 반양부가 더 비슷해. 직접 가서 보면 알게 될걸."

"괜히 4부라고 불리겠어. 다 비슷한 것도 있고 다른 것도 있고 그래."

4부 출신은 출신대로, 2부 출신은 여태 들은 이야기대로 한마디씩 보태는 걸 들으며 여울은 괜히 수첩을 펼쳐서 벌써 몇 번이나 읽어봤던 반양부 안내서를 읽어보았다.

반양부에서는 초원에 말과 양을 풀어서 키우고, 풀을 먹일 곳이 없어지면 집을 허물고 다른 곳으로 이동해 새로 집(개우)을 짓는다. 물이 귀한 곳이므로 물길을 확보하는 것이 집을 지을 때 최우선으로 고려해야 할 대상이다. 집을 짓는 방식이나 동물을 키우는 것을 중요하게 여기는 것은 초명부와 비슷하지만, 가장 큰 차이점은 가족을 이루는 방식이다. 말을 타고 이동하면서 풀어놓은 동물을 우리로 다시 데려오기 때문에 어릴 때부터 말타기를 익힌다. 따라서 도시 출신을 제외하면 반양부 사람이 말을 타지 못하는 경우는 드물다.

간략하게 적혀 있는 것만 보아도 머리가 아팠다. 수첩 속 화면에서는 반양부의 풍경 사진과 가죽과 직물로 바람을 먹은 반양부의 집 사진 같은 것이 줄

© SJ

줄이 나왔는데 그 안에 자기가 있는 모습은 좀처럼 떠오르지 않았다.

반양부로 향하는 차가 학생들을 태우고 공항에 도착했다. 공항에는 반양부에서 나온 안내인이 모두를 기다리고 있었다. 청회색 머리카락에 피부색은 오히려 도시 사람들보다는 짙어서 묘한 분위기를 주는 사람이었다.

"학생 여러분 환영합니다. 지금부터 비행기로 반양부 중앙공항으로 이동할 예정입니다. 반양부에 도착하면 승합차로 갈아타고 유목 지역으로 이동합니다. 비행기 탑승권은 여러분 수첩에 보내두었으니까 지금 확인하고 열어주세요. 탑승권이 보이지 않는 사람은 말씀해주시면 확인해드리겠습니다."

자그마한 키에 조금 가무잡잡한 얼굴이나 세 갈래로 땋아서 올린 머리 모양이 낯설어서인지 실제로 안내인이 어느 정도의 나이인지는 알아보기 쉽지 않았다. 4부 사람들과 태학에 와서야 알고 지내게 된 여울은 특히 4부 남자들의 나이대를 짐작하기 어려웠다.

학생들이 제각각 수첩을 열어 확인하고 비행기에

올랐다. 비행시간은 세 시간이었다. 가람에서 가우리의 서울로 올 때 걸렸던 시간과 별로 다르지 않았다. 여울은 두 번째 비행기였지만 다른 학생들은 그렇지 않은 듯 보였다. 태학에 입학할 때 비행기를 탄 건 물론이고, 가우리 안을 이동할 때 자동차로 이동하기 어려운 길이 적지 않았기 때문이었다. 지반 문제로 포장도로를 만들기 어려운 지역도 있었고, 경효부처럼 다른 부와의 경계가 폭이 넓은 강인 곳도 있었다. 그만큼 사람들은 자신이 나고 자란 부에서 평생 떠나지 않는 경우도 드물지 않았다. 각 부마다 공항이 세워지고 비행기의 이착륙이 가능해지면서 조금씩 이웃 부가 아닌, 멀리 있는 다른 부를 방문하는 사람들이 늘어났다.

태학은 원래 성화부가 중심이 되어 세워진 학교였다. 지역을 이동하는 것이 쉽지 않았으므로 4부는 물론이고 가람에 뿌리가 있는 경효부 출신조차 서울의 태학에 입학하는 경우가 드물었다. 다른 부 출신 학생들의 입학을 지원하면서, 태학 학생들에게는 다른 부를 이해하는 활동이 의무가 되었다. 태학이 가우리 최고 학교로서, 여섯 부의 통합을 의미하는 학교로 성장하기까지 반세기가 걸렸다.

반양부의 중앙공항에 내린 학생들은 다시 승합차를 타고 다섯 시간을 이동했다. 공항이 있는 도시는 서울의 외곽과 별로 다르지 않은 것처럼 보였지만 차가 이동하는 동안 주변의 풍경이 점점 바뀌어갔다. 주변에 건물이 사라지고 포장된 길로 한두 시간을 이동하고 나니 길의 구별조차 쉽지 않아 보이는 황색 벌판이 펼쳐졌다. 아주 드문드문 식물의 흔적이나 샘이 보이는 곳도 있었지만 얼마를 이동했고 얼마를 더 가야 하는 것인지 알 수 없을 정도로 굴곡이 별로 없는 황토색 들판과 푸른 하늘밖에 보이지 않는 풍경이 이어졌다. 어느 곳이 길인지도 알 수 없는데도 승합차는 이정표라도 있는 것처럼 빠른 속도로 달렸다. 끝없는 초원 끝에 멀찍이 천막이 드문드문 보이기 시작했다.

천막에 가까워진 승합차가 사람들이 모여 있는 곳 앞에 멈췄다. 안내인이 자리에서 일어났다.

"자, 도착했습니다, 여러분. 수고 많으셨어요. 여기는 반서밀 어르신의 가족이 운영하시는 곳입니다. 가장께서 직접 여러분을 맞기 위해서 나와주셨어요. 아시겠지만 이건 반양부 풍습에서 매우 드문 일입니다. 여러분을 그만큼 귀하게 맞겠다는 뜻을 보이시는 거랍니다. 얼마나 특별한 경험을 하고 있는지 알아주셨으면 좋겠어요. 자, 다들 내리시고, 짐도 차에 두지 말고 모두 내려주세요. 목장의 가족이 여러분을 기다리고 계십니다."

안내인이 먼저 차에서 내려섰다. 무리가 조금씩 비켜서며 안내인이 가장 뒤쪽의 노인 앞으로 갈 수 있도록 길을 터주었다. 밝은 청회색 머리카락을 한 갈래로 묶은 노인 앞에서 안내인이 깊이 허리를 숙여 인사했다. 노인이 뭐라고 말하는지, 안내인이 뭐라고 하는지는 들리지 않았지만, 조금의 미동도 하지 않고 서 있는 가장과 쩔쩔매며 허리를 조아리는 안내인을 무리의 사람들 모두가 보고 있었다.

학생들이 자기 짐을 챙기고 모두 내려 안내인 뒤에 모이고 제1기숙사 대표인 서랑이 가장 앞쪽에 섰다. 서랑은 안내인이 했던 것처럼 노인에게 걸어가 크게 허리를 숙여 인사했다.

"경효부의 경서랑, 태학 2학년 제1기숙사 15명과 함께 신세를 지게 되었습니다. 가장께서 몸소 저희를 맞아주셔서 몸 둘 바를 모르겠습니다. 아무쪼록 폐를 끼치지 않도록 노력하겠습니다."

서랑의 목소리가 뒤에 선 사람들에게 또렷이 들렸다.

"이번 학생들은 6부에서 모두 모인 학생들이라지. 귀한 손님을 직접 맞을 수 있어서 기쁘다오. 여기 풍습이 낯설기도 하겠지만, 어려운 점이 있으면 이야기하고 잘 지내고 돌아가시길 바라겠소."

시대물 연극에서 나올 것 같은 노인의 말투를 들으니 이곳이 서울과 떨어진, 반양부의 시내에서도 떨어진 곳이라는 게 실감이 났다. 노인은 사람들의 부축을 받으며 천과 가죽으로 만들어진 둥근 집 안쪽으로 들어갔다. 노인이 들어가자 세 사람이 안내인과 학생들에게 웃으면서 다가왔.

"반가워요, 저는 이 목장의 첫째 반소영이에요. 어머님이 연세가 있으셔서, 집안에서 소소한 일은 제가 맡고 있어요. 이쪽은 둘째, 셋째 동생이고요. 그리고…… 겁을 주려는 건 아니지만, 여행으로 왔던 태학 학생이 돌아가서 며칠을 앓기도 한답니다. 익숙하지 않은 일을 한다는 게 그렇지요. 하지만 우리 풍습을 배우려고 왔는데 제대로 경험하지 못하면 그것도 문제니까요. 우리는 여러분을 우리 가족처럼 대할 겁니다. 손님으로 오시면 집에서 쉬시고 대접받으시고 산책 다니시면 되겠지만, 그건 이 여행의 목적이 아니겠지요."

반소영이 부드러운 표정으로 안내인을 보았다.

"학생들을 몇 개 조로 나눠야 할 것 같군요. 초명부, 반양부 출신은 골고루 흩어지면 좋겠네요."

"네, 알겠습니다. 자, 여러분, 초명부나 반양부 출신인 학생? 말을 타 보거나 목장 일을 해본 사람은?"

안내인이 묻는 말에 학생들의 시선이 여울과 수아에게 몰렸다.

"아버지가 초명부 분이십니다. 남수아라고 합니다. 아버지는 목장 일을 하시지 않지만, 양을 돌본 적은 있습니다."

수아가 먼저 말했다. 여울이 머뭇거리는데, 뒤쪽에 있던 한 명이 앞으로 나섰다. 같이 수업을 들은 적이 있던 학생이었는데, 이름은 기억나지 않았다.

"초명부의 명은호입니다. 말은 잘 타지 못하지만, 양털은 잘 깎을 수 있습니다."

"잘 됐군요, 두 학생은 다른 학생들이 힘들어하면 함께 도와줄 수 있겠어요."

"경서랑입니다. 저도 양은 아니지만 물소 농장에서 일한 적은 있습니다."

"동물을 돌본 경험이 있으니 도움이 되겠네요."

하나씩 자기 경험을 이야기하는 학생이 늘어나는 동안, 여울은 아무 말도 못 하고 서 있었다. 반양부 출신이라고 말해야 했다. 그건 출생증명서에도 적혀 있는 사실이었다. 하지만 반양부에 관한 기억은 아무것도 없는 자신이, 철이 들기 전부터 계속 가람에서 살아와서 오히려 여기 있는 사람들 누구보다도 이곳에 대해서 모를 자신이, 반양부 출신이라고 말해도 되는 것일까. 여울은 좀처럼 입이 떨어지지 않았다.

"그런데, 이번 학생들은 6성 출신이 다 있다고 들었는데, 아닌가요?"

학생들의 시선이 여울에게 모였다. 여울은 머뭇거리다가 입을 열었다.

"저는 반여울입니다. 아주 어렸을 때 반양부에서 떠나 살아서, 말을 탄 적도 목장에서 일해본 적도 없지만…….”

"반여울……?"

 목장 사람들이 서로 쳐다보며 눈길을 주고받았다. 누군가가 속삭이는 소리가 여울의 귀에 또렷하게 박혔다. 이슬이. 오래전 아버지에게 들었던 이름이었고, 사진 속에서 본 흐릿한 얼굴이었고, 종이 속에서 만난 이름이었다. 반이슬. 어머니 반이슬, 가우리, 반양부. 아버지 이영호. 몇 줄 되지 않았던 출생증명서 속에 있었던, 목소리조차 기억나지 않는 사람의 이름. 여울은 그 이름을 말한 사람, 셋째라고 소개받았던 쪽을 쳐다봤지만, 그 사람은 아무 말도 하지 않았던 것처럼 고개를 돌렸다.

 "반양부에서 일찍 떠났으면 모르는 게 당연하지요. 알겠습니다. 반양부 출신은 한 명이군요. 그럼 세 사람 외에는 모두 목장 경험이 없으니까, 우리가 처음부터 잘 알려드리도록 하지요."

 "자, 여러분이 머물 곳을 안내하겠습니다. 기숙사 방을 따라서 다섯 분씩 한 집으로 들어가십니다. 대표 학생은 저와 함께 방 안내를 해주세요. 안쪽 침대에 갈아입으실 옷이 놓여 있을 테니까 갈아입으시고 40분 뒤에 여기로 다시 모이겠습니다."
안내인이 말했다.

목장에 임시 일꾼이 오거나 손님이 올 때 혹은 고향을 떠나 있던 친척들이 돌아올 때, 반양부와 초명부 사람들은 거주용 집처럼 조리 시설을 갖추지는 않은, 난방과 취침만 가능한 집 '개우'를 천과 가죽으로 감싸 지었다. 학생들이 머무는 곳 역시 개우였다. 오래전부터 유목 생활을 하던 반양부의 개우는 금방 짓고 금방 허물 수 있으면서도 바람과 추위를 막아주는 튼튼한 구조였다. 학생들이 다섯 명씩 세 곳으로 나누어 들어가자 벽 가까이 침대 다섯 개가 빙 둘러 놓여 있고 가운데에는 커다란 난로와 집을 지탱하는 두 개의 기둥이 자리하고 있었다. 추운 계절은 아니어도 초원은 기온 변화가 심한 곳이었고 한여름이 아니면 갑자기 추워지는 날은 언제든 올 수 있었다. 침대 위에 놓인 갈아입을 옷들은 목부터 팔다리까지를 모두 감싸는 편한 차림이면서도 입어 보니 다소 두께감이 있는 천이었고, 헐렁한 품이며 팔다리 부분을 띠로 둘러 고정해 체격이 다른 사람들도 편하게 입을 수 있게 되어 있었다.

"이렇게 입는 게 맞나?"

옷을 입은 이경이 중얼거리며 여울을 봤다가 멋쩍게 고개를 돌렸다. 반양부 출신인 여울에게 물어보려다가, 여울이 알 수 없을 거라는 걸 떠올렸기 때문인 것 같았다. 수아가 대신 이경의 말을 받았다.

"이거 초명부 옷이랑도 비슷한 것 같아. 이렇게 입는 거 맞을 거야. 입고 나가서 이상하면 말씀해주시겠지."

"내가 물어보고 올게."

띠를 묶어 옷을 고정하고 여울이 일어나 집 밖으로 나갔다. 여울이 들어간 집 앞에 한 사람이 서 있다가 여울이 문을 열고 나오자 주춤 물러섰다. 분명 아까 여울이 쳐다봤을 때 시선을 피한 사람, 가장의 셋째 딸이었다.

"옷을 이렇게 입는 게 맞을까요?"

여울이 머뭇거리다 물었다. 셋째 딸이 여울을 한참 보더니 고개를 끄덕였다.

"잘 입었네. 그런데… 혹시, 부친이 가람 분이시니?"

첫째 딸도 가장도 학생들에게 존댓말을 써줬지만,

나이로 보면 여울의 어머니보다 훨씬 위였으므로 반말을 하는 것이 이상하지는 않았다. 하지만 셋째의 반말에는 어쩐지 다른 이유가 있을 것 같았다.

"네, 어머니는 반양부 분이시고, 제가 어릴 때 돌아가셔서 아버지께서 절 가람으로 데려가셨다고 들었어요."

"어머니 성함이? 어렸을 때 돌아가셨으면 이름은 기억하니?"

"아버지께서 말씀해주셔서 알아요. 이슬이라는 이름이셨습니다."

"역시, 맞구나. 네가 이슬이… 아이로구나."

셋째 딸의 눈이 흔들렸다.

"갓난아기일 때 널 사진으로 봤었어. 나는 반모영이라고 해. 네 어머니는 나와 육촌 사이가 돼. 내 할머니와 네 어머니의 할머니가 같지. 할머니께서 아직 살아 계셨을 때는 함께 살기도 했었다. 할머니 돌아가시고 어머니와 이모님들이 각자 가장이 되어서 흩어졌지만, 왕래하고 지냈어."

반모영은 여울을 키워준 어머니보다는 나이가 많아 보이긴 했지만, 친척이라는 말을 들으니 사진 속 어머니의 모습과 조금 닮은 듯하기도 했다.

"이모님은 널 이 고장에서, 이모님의 목장에서 키우고 싶어 하셨단다. 출생 신고도 그래서 우리 성을 따랐던 거고. 다른 부 사람들 사이에서 아이가 태어나면 어느 쪽 풍습에 따라 아이 이름을 정할 건지 이야기를 나눠서 함께 결정하지. 너는 이 고장에서 자랄 거였어."

반모영의 목소리가 조금 떨렸다. 두 사람의 대화를 들었는지, 가장이 들어갔던 집에서 사람이 나왔다. 안내인이었다.

"선생님, 어른께서 부르십니다."

"잠깐만, 이야기가 아직 안 끝났어요."

"어른께서 지금 바로 들어오라고 하십니다."

반모영은 여울을 보고 뭔가 더 말을 하려고 하다가, 아쉬운 듯 몸을 돌려 가장의 집으로 향했다. 여울은 그 사람의 뒷모습을 보고 멍하니 서 있었다. 안내인이 다가와 여울에게 웃음 지었다.

"아주 잘 입었네요. 어울려요. 옷 입기 어렵지는 않지요?"

여울은 안내인을 보았다. 자신보다 조금 키가 작

은, 전형적인 반양부 사람의 외모였다. 빛에 바랜 듯도 보이는 밝은 푸른색 머리카락도, 회색 눈동자도, 짙은 피부색도. 여울은 안내인이 가장의 개우에서 나왔던 게 마음에 걸렸다. 가장이 손님을 맞는 것도 이례적인 일이라고 하는데, 집안일은 보통 큰딸이 맡아서 한다고 했는데, 안내인은 왜 큰딸의 개우가 아니라 가장의 개우에서 나왔을까.

"여기 분들이 제가 오는 걸 알고 계셨나요?"

"오는 학생 명단은 가장과 다음 가장이 되실 분께 드렸지요. 어떤 부 사람들이 오는지는 아시는 게 좋으니까요."

안내인은 읽기 어려운, 아무 감정도 느껴지지 않는 표정을 하고 있었다. 여울은 안내인이 자신을 보는 시선이 다른 학생들을 보던 것과는 다르다고 생각했다. 이렇게 눈앞에서 보고 있으니 안내인은 서랑의 큰이모님들 또래로 보이기도 했다.

"안내인님도 이 목장의 친척이신가요? 성함을 듣지 못했어요."

"아, 이름을 말 안 했던가요? 제 이름은 양기현입니다. 이 목장과 친척 사이는 아니고. 원래는 제가 사는 목장에 여러분이 오기로 되어 있었고, 제가 안내인으로 뽑혔죠. 그런데 어른끼리 무슨 이야기가 오고 갔는지, 여러분을 이쪽으로 보내는 걸로 변경됐더군요. 제가 안내인 교육을 받고 있었으니까 그냥 여기 안내인을 맡기로 했습니다. 이 집안분들과 모르는 사이도 아니라서."

"왜 갑자기 변경된 건가요? 혹시 저 때문인가요?"

여울이 물었다. 안내인이 조금 웃었다.

"저는 모르지요. 이 집안의 일이고, 어른들이 결정하신 일이니까. 하지만 만약 반여울 씨에게 하실 말씀이 있으면, 어른께서 부르실 겁니다. 이렇게 집 앞에서 깜짝 놀라게 하는 게 아니라."

"여울아. 왜, 무슨 일이야? 왜 이렇게 오래 걸려?"

집 안에서 문을 열고 수아가 나와 물었다. 안내인은 아무 일도 없었던 것처럼 몸을 돌려 다섯 명이 머무는 집에서 멀어졌다. 여울은 유난히 가까워 보이는 가장이 머무는 집 쪽을 쳐다봤다. 오늘 처음 초대받아 온 입장에서 가장이 부르지도 않았는데 가장을 만나려고 하는 건 결례였다. 반모영이 나오기를 하염없이 기다릴 수도 없었다. 여울은 수아에게 고개를 젓고 집 안으로 들어와 모두에게 옷을 입는 방법을 가르쳐주었다.

갈아입은 옷차림을 확인받은 뒤 모두는 한 집에 한 명씩, 목장 사람들에게 기본적인 생활 습관에 대해서 안내받았다. 개우 중앙에 있는 기둥 둘 사이를 지나가지 말 것, 난로에 불을 피울 때는 목장 사람들에게 요청하고 굴뚝이나 난로의 입구를 건드리지 말 것. 가죽과 천으로 단단하게 두르긴 했어도 벽은 고정되어 있지 않으니 기대거나 밀지 말 것. 개우에서 지켜야 할 것들이 먼저였고 다음은 물이 귀한 고장에서 지켜야 하는 것들이었다. 씻을 때 쓰는 물과 먹을 때 쓰는 물을 구별할 것. 물을 낭비하지 말 것. 양이든 양치기 개든 혹은 말이든 만지지 말고, 만지고 싶을 때는 목장 사람들에게 이야기할 것. 말에게 등을 보이지 말 것과 같이 동물의 특성에 따른 주의사항도 이어졌다.

저녁으로는 양젖으로 만든 차와, 양젖으로 발효시킨 떡, 말린 고기를 넣은 국 요리가 나왔다. 학생들은 먹는 방법을 관찰해가면서 예의에 어긋나지 않도록 조심하며 음식을 모두 비웠다. 4성 출신 학생들에게는 낯설지 않았고, 경효부 음식과도 조금 비슷했지만 서울 출신인 성화부 학생들에게는 낯선 음식이었다.

다음 날 여울의 조 다섯 명은 아침을 먹고 난 뒤에 양털을 깎는 일을 하기로 정해졌다. 다른 조에는 말을 타본 사람이 없었기 때문에 양을 풀어주는 일은 일단 목장 사람들이 하고, 다른 조 사람들은 말을 타는 법을 배웠다. 안장을 놓고 말 위에 올라타는 건 생각보다 어렵지 않게 다들 해냈지만, 말이 발을 떼고 걷기 시작하자 얼굴이 창백해졌다.

"순한 애들이니까 걱정할 필요 없어요. 줄을 꽉 잡아요. 당기면 말이 놀라니까 당기진 말고요."

4부 출신이라고 해서 말타기를 더 빨리 배우지는 않았다. 모두 한 시간 정도 때로 비명을 질렀다가 숨을 헉 삼켰다가 긴장하며 연습한 덕에 학생 열 명 모두 어렵지 않게 말타기를 익혔다. 몇 명은 금방 말을 타고 달리는 것까지 익히기도 했다.

말타기를 다 익힌 뒤, 한 조는 말을 풀어 키우는 곳으로 향하고 나머지 한 조는 양 떼로 향했다. 학생 열 명에, 그 학생들을 살피는 목장 사람들까지 함께 떠나자, 목장은 금방 조용해지고, 양털을 깎는 우리 근처에만 사람들이 모여 있었다. 수아와 명은호가 먼저 양털을 깎는 걸 시범 보였다.

"두 사람은 따로 내가 알려줄 것도 없을 것 같네요. 두 사람이 이 두 사람에게 양털을 깎는 걸 알려주세요."

가장의 첫딸 반소영은 흐뭇하게 지켜보고는, 수아와 은호에게 서랑과 서이경을 가리켰다. 두 사람은 각자 양의 다리를 묶는 법부터 털을 깎는 것까지 가르쳤다. 목장 사람들이 깎은 양털을 흩어지지 않게 옮겨 한곳에 모았다.

여울은 반소영에게 직접 양털을 깎는 법을 배웠다. 양을 옆으로 눕히고 다리 셋을 묶어 움직이지 못하게 한 뒤에, 칼날을 쥐고 양털 뭉치가 떨어지지 않도록, 양털이 너무 길게 남지 않도록 바싹 붙어서 날을 세우고 양털을 깎았다. 처음에는 어색하던 것이 점차 손에 붙어가면서 남은 양털의 길이도 짧아지고 속도도 점점 빨라지기 시작했다. 한 마리를 다 깎고 양털을 치워둔 뒤에 묶었던 다리를 풀자, 양은 한껏 가벼워진 몸으로 신나서 무리 안으로 돌아갔다.

"칼을 잘 쥐는군요. 털도 잘 잡아주고. 처음 해보는 것 치고는 잘했어요. 두 번째는 내가 따로 봐주지 않아도 될 것 같네요. 혹시 양의 마음을 읽는 이능이 있는 거 아니에요? 양이 이렇게 편안해 보이는 건 처음 양털을 깎는 사람 앞에서는 드문 일인데."

"아, 아니에요. 저는······."

이능이 있냐는 질문을 처음 받은 여울은 놀라 반소영을 보았다.

"반양부와 경효부에는 이능이 있는 사람이 특히 많답니다. 어머니의 이능과 같은 능력이 많고, 종종 다른 능력이 발현되는 아이들도 있고. 어제 내 동생과 이야기를 했다면서요? 동생은 어머니의 이능을 물려받아서, 한 번 본 건 잊어버리지 않아요. 머릿속으로 사진을 찍어서 저장하는 것 같은 능력이라더군요. 나는 물려받지 못했지만."

"네에······."

여울이 머뭇거리자, 반소영은 다음 양을 눕히고 다리를 묶고, 여울 앞에 다른 양을 눕혀 다리를 묶었다.

"할머니의 이능은 물을 다루는 거였어요. 어머니는 이능력자로 태어나셨지만, 능력은 할머니와 달랐죠. 그런 일도 종종 있지요. 할머니의 이능은 이모님께 갔고, 육촌이 물려받았고……. 자, 오늘 털을 깎을 양은 모두 서른 마리니까, 이제 네 마리씩 힘내봅시다."

일상적인 말을 하는 것처럼 이야기하는 반소영의 말에 여울은 뭐라고 대답하지도 못하고 양털을 깎는 칼을 손에 쥐었지만, 흘려들을 수는 없는 내용이었다. 물을 다루는 이능은 반소영의 이모에게 갔다. 어젯밤 반모영의 말을 생각하면, 그건 아마도 여울의 할머니일 것이다. 그 이능을 물려받았다는 육촌은, 여울의 어머니 반이슬이고.

"저 때문에 저희가 이 목장으로 온 거군요."

여울이 양털을 깎으며 말했다. 수아와 은호는 두 사람에게 양털을 깎는 걸 가르쳐주느라 듣지 못했지만, 반소영에게는 들렸다. 반소영은 털을 깎는 손의 속도를 늦추지 않은 채로 대답했다.

"궁금했지요. 초원에서 물의 힘을, 집안 대대로 이어져 내려오던 이능을 받은 육촌의 유일한 아이인데

가람에 가서 어떻게 자랐는지. 자기 딸을 엄마도 없는 곳에서 키우게 할 수 없다고 반대를 무릅쓰고 자기 나라로 데려간 남자가 그 아이를 어떻게 키웠는지. 평생 만나지 못할 줄 알았는데, 태학에 왔다고 하니까. 가우리에 돌아와서 1년이 지났는데 반양부에 왔다는 소식은 들리지도 않으니까, 그 아이가 어떻게 컸는지 얼마나 궁금하겠어요."

뜻밖의 말이었다. 여울은 아버지가 어머니 가족의 반대를 무릅쓰고 여울을 데리고 가람으로 갔다고는 생각해본 적이 없었다. 언제나 북쪽 사람이라는 시선을 받아야 했던 자신이 가람에서 자랐던 건, 돌아가신 어머니의 가족들이 여울을 키우지 않으려 해서라고 생각했다. 태학에 오기 전에 겨우 아버지로부터 어머니가 자신을 가람으로 데려가길 원했다는 걸 들었을 때도, 가우리의 성을 받은 자신이 가람에서 아버지와 함께 자란 건 아버지에게도 원하지 않았던 일일 거라고 생각했다. 아버지가 어머니의 이야기를 거의 들려주지 않았던 건 그래서였을 거라고.

"가람에 있을 때, 어떤 가우리 사람이 어머니 이름을 듣고는 어머니가 어떤 분인지 모르냐고 물었어요."

수첩에서 찾아볼까 생각한 적이 몇 번이나 있었다. 어머니 이름을 검색만 하면 될 거였다. 하지만, 태백 소요가, 수아를 보조장치와 함께여야만 살아갈 수 있게 만든 그 사건이 어머니와 관련이 있을지 모른다는 생각 때문에 차마 그러지 못했다. 두 나라가 서로 다른 내용으로 기록하는 태백 소요. 그 진실이 무엇인지 그 일을 경험하지 못한 자신은 결코 알 수 없을 거였고, 어떤 내용으로 기록되어 있더라도 자신은 일말의 불길함을 붙들고 계속 불안해할 것만 같았다.

"그 남자, 이영호 씨가 말해주지 않았어요?"

'아버지'가 아니라 굳이 이름으로, 반소영이 물었다.

"어머니는 사람을 구하려 했다고요. 자신은 구하지 못했다고…."

반소영의 손이 잠시 멈췄다. 한참 말이 없던 반소영은 여울의 눈을 응시하며, 말을 고르는 표정으로 입을 열었다.

"나중에, 해가 지고 나면 어머니 집으로 오세요. 다른 학생들에게는 별로 들려주고 싶지 않거든요."

반소영이 양털을 깎고 새로 다른 양을 데려오고

다시 보내는 동작은 여전히 평온했다. 여울은 자신이 깎은 양털 뭉치를 한쪽으로 치우고, 아무 생각도 없는 사람처럼 한 마리, 한 마리를 새로 데려오며 양털을 깎았다. 반소영은 더 이상 말을 꺼내지 않았고, 여울 역시 한마디도 하지 않고 양 털깎기를 마무리했다.

하루의 일정이 끝나고 해가 저물 때까지 여울은 마음이 계속 딴 곳에 있는 것 같다는 소리를 수아와 서랑에게 몇 번이나 들었다. 고향에 와서 그런 게 아닐까 변명처럼 얼버무리며, 해가 지자마자 가장의 개우로 향했다. 여울이 다가가자 개우 입구가 조금 열리더니 안내인, 양기현이 얼굴을 내밀었다.
"들어오세요. 가주께서 기다리고 계십니다."
여울이 들어서자 가장 안쪽 중앙, 등받이가 있는 평상 위에 가주가 앉아 있었다. 여울은 여행 전에 배운 대로 가주에게 인사했다. 가주 옆 의자에 앉아 있던 반소영이 자기 맞은편 의자를 가리키며 일어나, 차를 준비하기 시작했다. 양기현은 반소영의 옆 의자에 앉아서 여울이 앉는 걸 보고 있었다.

"이슬이에 대해서, 아는 게 없다면서. 그래서, 양군도 오라고 했다."

"다행입니다. 한 번쯤은 안내인과 태학 학생으로서가 아니라 반이슬 씨의 아이로서 당신과 이야기를 나누고 싶었는데, 어른께서 자리를 마련해주셔서."

양기현의 말에 여울이 의아해하자, 반소영이 양기현을 보고 조금 얼굴을 찌푸렸다.

"5차 환란, 대가뭄 때, 태백 소요 때, 우리는 이슬이 옆에 없었지만 양기현 씨는 계속 가까이 있었던 사람이라서, 우리보다 더 상황을 잘 알 거라고 생각해서 부른 겁니다. 그것뿐입니다."

"그래서 저를 안내인으로 부르신 거지요. 알고 있습니다. 반이슬 씨의 상대였을 사람으로 온 게 아니라는 것 정도는."

"말 삼가게."

가주의 목소리가 쩌렁, 울렸다.

"실례했습니다."

"5차 환란, 대가뭄 때 이슬이는 태학을 막 졸업했을 때였죠. 가뭄으로 곳곳에 물이 말라가자 물의 이능을 가진 사람들, 땅의 이능을 가진 사람들이 모였습니다. 양기현 씨는 물의 이능을 가진 사람으로 그 무리에 들어갔고요. 맞죠?"

반소영이 말했다.

반소영과 양기현은 여울에게 23년 전, 여울이 아직 태어나기 전의 일을 들려주었다. 반양부에서 두 번째로 많은 성씨인 양씨 집안에서도 땅속 물길을 찾는 이능을 가지고 있는 사람들이 있었다. 양기현은 태학에 입학한 이후 이능이 발현한 경우였다. 반씨 가문의 차기 가주로 여겨졌던 반이슬은 집안의 반대를 무릅쓰고 태학에 갔지만, 이능도 없고 몸이 건장하거나 동물을 잘 다루지도 못하는 양기현은 태학에서 다른 부의 사람들과 만나며 반양부나 가문에 도움이 되는 걸 배워 오겠다고 쉽게 태학에 갈 수 있었다.

같은 반양부 출신의 두 사람의 사이는 나쁘지 않았다. 두 사람의 사이가 어색해진 건, 4학년이 되었을 때 양기현의 이능이 발현되고 나서였다. 태학을 졸업하고 서울에서 자리를 잡고 일할 생각이었던 양기현은 갑자기 반양부에 돌아와야 하는 사람이 되었다. 양기현과 반이슬을 함께 묶어서 이야기가 나오기 시작한 것도 그즈음이었다. 이능이 있는 남동생이 새 가주인 누이를 도와야 하지 않겠냐는 말이 나왔고, 반이슬과의 사이에서 딸이 태어나면 그 아이는 얼마나 강한 이능을 가졌겠냐는 말도 나왔다. 그걸 기대한 건 반씨, 양씨 가주 모두였다. 집안의 다음 대 가주가 더 강한 이능을 갖고 태어나기를 바라는 반씨 집안, 그리고 양씨 아버지에게서 태어난 이가 가주가 되는 걸 기대하는 양씨 집안, 그렇게 두 집안의 이해가 맞아떨어졌다.

두 사람의 사이가 좋다는 게 더 큰 의미를 갖기 시작했다. 그즈음 5차 환란, 대가뭄이 시작되었다. 아무르강으로 둘러싸인 경효부와, 농업이나 목축이 중요 사업이 아닌 서울 정도를 제외하면 쉽지 않은 시기였다. 태학 졸업생들을 중심으로 이능을 가진 사람들이 지역을 돌며 환란을 수습하고, 기술자들은 새로운 기기들을 개발하고, 설비를 보강하며 상황을 극복하기 시작했다. 태학 부속 병원 의료진도 더 바빠졌다. 양기현과 반이슬은 둘 다 물의 이능을 가진 사람으로서 남들보다 더 바쁜 일정을 소화해야 했다. 비는 지역별로 최소 반년 이상 비다운 비가 내리지 않는 시간 땅의 이능을 가진 사람들과 함께 사라진 물길을 찾아 마을에 물길을 트는 일을 계속했다.

가뭄 피해가 어느 정도 수습되었을 때, 반양부에서는 두 사람의 귀향을 독촉하는 연락과 함께 두 사람의 귀향 항공권을 보내왔다. 그동안 많은 시간을 같이 보내기도 했지만, 매번 긴박한 지역의 상황을 수습하는 데 시간을 보내다 보니 두 사람 사이가 더 가까워지지는 않았다. 항공권의 날짜와 시간에 맞춰 짐을 챙기고 양기현이 공항에 나왔을 때, 반이슬의 옆에는 한 사람이 서 있었다. 짙은 갈색 머리카락의, 2부 사람 같은 인상의 남자였다.

"처음 뵙겠습니다. 이영호라고 합니다. 가람의 수출국에 근무하고 있습니다."

양기현은 이영호, 여울의 아버지를 그때 처음 만났다. 이름은 들은 적 있었다. 태학 졸업생들이 환란에 필요한 물자들을 조달할 때, 가람의 농작물을 수입할 수 있도록 실무를 맡은 것이 이영호였기 때문이었다.

"기현 씨, 내 아이의 아버지가 되고 싶어?"

반이슬이 물었다. 순간 양기현은 그 질문을 자신에게 직접 던진 사람은 아무도 없었다는 걸 깨달았다. 반이슬은 태학 생활 내내 좋은 동향 친구였다. 이능이 발현한 뒤에는 의논 상대가 되어 주었고, 두 사람이 함께 물의 이능을 사용할 때 힘이 결합되며 증폭하는 경험은 짜릿했다. 양기현은 반양부에 돌아가 반씨 집안에서 아이가 태어날 때까지 머무는 것도 나쁘지 않을 거라고 생각하기도 했다. 하지만, '아버지'라는 말을 반이슬의 입에서 듣는 순간, 자신이 반이슬에게 원하는 것은 그런 식의 관계가 아니라는 것을 자연스럽게 알게 되었다.

"아닌 것 같아. 난, 이슬 씨 아이가 언제든지 놀러 와서 놀 수 있는 이웃 마을 어른이 되고 싶어."

"다행이야. 나와 생각이 같아서."

세 사람은 함께 반양부로 돌아왔고, 반이슬은 가주를 만나 이영호의 아이가 배 속에 있다는 걸 알렸다. 양기현이 아니라 가람의 사람이 아이의 아버지라는 말에 가주와 친척들이 모두 놀랐지만, 이미 일어난 일을 뭐라고 할 수는 없었다. 반이슬은 새 개우를 받았고, 이영호와 함께 머물면서 여울을 낳았다. 이영호는 여울의 성을 반씨로 하는 데 반대하지 않았고, 둘은 혼인하지 않았으며, 여울의 출생기록부에는 반이슬과 이영호의 이름이 모두 실렸다. 여울이 돌이 되면서 아이의 아버지가 자신이 속한 집안, 즉 어머니나 누이가 가주로 있는 집으로 돌아가야 할 시기가 되었을 때, 원격으로 가람 수출국에 계속 근무하면서 이영호는 반양부 처음으로 이동식 주택형 차를 들여와 긴 여행을 시작했다. 양기현은 셋이 여행을 떠날 때 배웅한 사람 중의 하나였다. 가주는 3차 환란을 거치면서 몸이 많이 쇠약해져서, 다음 대를 생각해서라도 반이슬이 반양부에 머물러주기를 바랐지만, 반이슬은 웃으며 반양부를 떠났다.

3년 뒤, 가주가 위독하니 급히 반양부로 돌아오라는 편지가 수첩을 통해 반이슬에게 보내졌지만, 반이슬에게 닿지 않았다는 정보만이 돌아왔다. 태백 소요가 일어난 건 그때였다. 방송에서 태백 지역의 상황이 전국으로 송출되던 때, 반양부의 임시 가주는 세 사람의 이동주택이 연구소 옆에 세워진 걸 방송을 통해서 보았다. 비행기의 추락으로 채 완성되지 않은 둑이 무너질 뻔했고, 마침 마열부 태백 지역에 5차 환란을 수습한 물의 이능력자가 대재난을 막았다는 소식이 전국으로 전해졌다. 충격으로 무너진 둑의 한쪽 벽을 혼자서 막고 있는 사람의 먼 모습이 누군가의 촬영본이라는 자막과 함께 나왔다. 태하강 강물이 마치 그 자리에 보이지 않는 벽이라도 있는 것처럼 찰랑거리면서 아주 조금씩만 시냇물처럼 바닥으로 흘러나오고 있었다. 태백 지역에는 5차 환란 이후 물의 이능을 가진 사람은 태어난 적이 없었고, 외부에서 온 연구소 직원들 중의 이능력자는 연구소의 화재와 피해로 부상을 입고 병원으로 실려 간 뒤였다. 방송을 보고 힘을 보태려 마열부 전체에서 모여든 이능력자들은 둑으로 막혀 있던 강물이 둑의 잔해를 끼고 잔잔히 흘러가고 있는 것과, 강변에 이영호가 반이슬을 부축하고 오열하고 있는 것만을 볼 수 있었다. 반양부에서는 반이슬이라는 이능력자가 5차 환란의 구조대에 속해 있었고, 이번에는 태백 지역을 위험에서 구했다는 보도를 통해 반이슬이 그동안 계속해서 가우리를 돌면서 5차 환란

이후에 피해를 완전히 회복하지 못한 지역을 돕고 있었다는 것을 알았다.

여울은 어머니가 어떤 사람이었는지 양기현의 이야기를 통해서 비로소 알 수 있었다. 어머니는 마지막까지 자신의 이능을 가우리 전체를 위해서 쓰길 원했을까. 그랬다면, 오히려 다음 대의 아이는 더 강한 물의 힘을 가지고 태어날 가능성이 있도록 해야 했던 게 아니었을까. 여울은 어머니가 당연히 아버지와 가람의 방식으로 혼인하고 살았을 거라고 생각했지만, 그조차 아니었다. 어머니는 마지막까지 여울의 어머니였지만, 아버지의 아내로 살지는 않았다.

"이슬이가 그렇게 떠난 뒤에 이영호 씨가 연락을 해 왔어요. 이슬이가 남긴 편지도 함께 왔죠. 이슬이 목소리로 녹음된 말은, '내 아이를 반양부에서 자라지 않게 해주세요.'였어요. 이영호 씨는, 이슬이가 언제나 자신한테 무슨 일이 생기면 아이를 데리고 가람으로 가라고 했다고 말했죠. 우리는 반대했지만, 소송을 통해 이슬이의 유언이 다시 증명됐고, 우리는 당신을 잃었습니다."

아버지가 가람수출국에 근무하다가 어머니를 만났다는 것도 여울은 처음 들었다. 자신이 가우리에서 태어났으니 아마도 아버지가 일 관계로 가우리에 갔었던 게 아닐까, 짐작하긴 했었지만. 아버지는 여울이 기억하는 한 계속 건설 현장에서 일했으므로 그 때문에 가우리에 갔을 거라 생각했다. 가람에 돌아온다는 건 외청 근무를 그만둔다는 거였다. 힘을 써야 하는 건설 현장의 토목 공사에서 햇볕에 탄 얼굴로 돌아오곤 하는, 때로는 근육통으로 힘들어했던, 여울이 기억하는 아버지의 모습 모두가 여울을 데려온 이후에 만들어진 모습이었다. 여기 사람들은 여울을 '잃었다'고 말했다. 반소영도, 반모영도, 여울은 여기에서 자랐어야 한다고, 여울의 아버지가 여울을 데려갔을 뿐이지 자신들은 여울이 여기에서 자라기를 바랐다고 말했다. 그 반대를 뚫고 아버지는 자신을 데려왔다. 완전히 다른 일을 시작하면서까지.

"몸져누웠던 가주께서 충격으로 돌아가시고, 가주도 다음 가주도 잃었으니 임시 가주를 맡았던 내가 가주가 될 수밖에 없었네. 자네는 반양부의 아이야. 이능이 있든 없든, 그 마음에는 변함이 없네."

여울은 한 번도 만나본 적도 없고 있었다고 생각도 해본 적 없는 할머니가 어머니의 죽음 며칠 뒤 세상을 떠났다는 걸 알게 됐다. 상상해본 적도 없는 사람이니 새삼스럽게 슬프거나 안타깝지도 않았다. 아무리 자신과 친척이라고 말해도 이 목장에 애착이 생겨나는 것은 아니었다. 이렇게 평온한 말투로 어머니의 죽음에 대해 이야기하는 반소영을 보고 있으려니, 아무리 사진 속의 어머니와 닮은 모습을 하고 있어도, 청회색 머리카락이 누가 봐도 자신과 관계가 있다고 말하는 것처럼 보여도, 이들 안에 자신이 있을 곳은 없어 보였다.

반양부에 머무르는 동안 여울은 목장 가족들과 더 이상 개인적인 이야기를 하지 않았다. 목장 사람들이 뭔가 말을 걸 낌새가 보이면 여울은 다른 쪽으로 이동하거나 다른 사람에게 말을 걸었다. 양털에서 실을 뽑는 법을 배우고, 물을 긷는 법을 배우고, 반양부의 음식을 만드는 법을 배웠다. 다음 날에는 다른 조와 교대해서 양을 몰고 초원으로 나가 양을 먹이고 다시 데려오는 일을 했다. 여울이 이야기를 피하는 걸 목장 사람들도 알았는지 여울의 일을 다른 학생들에게 말하지 않았다. 학생들 사이에서 셋째가 물려받은 '기억하는 이능'이 잠깐 화제에 올라 부러움을 사기도 했지만, 원래 목장에 있던 사람들처럼 대하는 목장 사람들과 함께 일하는 동안 학생들은 목장의 모든 것을 있는 그대로 받아들이는 데 익숙해졌다.

반양부에서의 마지막 밤, 유난히 가까워진 은호와 이경은 천문과 학생들과 함께 별을 관찰하겠다고 밤이 되어도 개우에 돌아오지 않고 오랜만에 1학년 때처럼 서랑과 수아, 그리고 여울 세 사람이 한 공간에 있게 되었다. 은호는 학생들 사이에서 유명한 '이동'의 이능을 갖고 있어서, 늦은 시간이라도 숙소로 간단하게 돌아오곤 했다. 기숙사 방과는 다른, 벽에 기댈 수 없는 개우 안이었지만, 세 사람만 한 공간에 있다는 것이 편안하게 느껴졌다. 여울은 두 사람에게 어머니의 이야기를 들려주었다.

"반양부의 반이슬 씨가 네 어머니신 줄 몰랐지. 그 이름을 모르는 가우리 사람은 없을걸. 하지만 반이슬 씨 이후로 반씨 중에 물의 이능이 나타나지 않은 줄은 몰랐어. 경효부도 6부 안에서 이능력자가 많은 편이지만, 그렇게 집안의 이능처럼 이어지는 건 아니라서."

"나는 2성에선 이능력자가 안 태어나는 줄 알았는데, 경효부에서는 이능력자가 많다고 해서 놀랐었지. 언제지? 우리 고등학교 2학년 때, 학교 안에서 이능 있는 학생들 조사하는데 서랑이가, 이능이 없는 사람을 조사하는 게 더 빠르지 않을까? 나한테 이러는 거야. 나는 이능력자가 아닌데."

"그땐 경효부에서 서울 온 지 얼마 안 돼서 그랬지."

"그럼 서랑이 너도 이능이 있는 거야?"

"응, 아 말 안 했구나? 서울에선 쓸 일이 별로 없어서, 나한텐 당연한 거니까 말도 안 했네."

서랑의 말에 여울은 새삼 서랑과 수아가 친한 이유를 알 것 같았다. 두 사람은 서로 알고 지낸 기간 동안 여울이 함께 있었던 것처럼, 세 사람이 아주 오래된 사이인 것처럼 지금껏 여울을 편하게 대해줬다. 그래서 여울 역시, 처음 기숙사에 같은 방을 쓰게 된 인연이나 공항에서의 인연까지 포함해서 이 두 사람이 각별하게 느껴지곤 했다.

"사실 나도 이능이 있어."

여울이 말했다. 수아는 아주 잠깐 눈을 크게 떴지만, 서랑은 그런 반응도 하지 않았다. 서랑은 아주 일상적인 말을 들은 것처럼 그저 고개를 끄덕였다. 여울은 서랑의 이능이 뭔지 묻지 않았고, 서랑 역시 그랬다.

6

환란의 이름은

   그 후 4학년까지 매년 여울은 기숙사 여행에서 4부를 방문하고 그곳의 풍습을 익혔다. 그 모든 시기에 여울과 수아, 그리고 서랑 세 사람은 함께였다. 태학이 있는 서울은 기숙사 여행지에서 제외됐고, 경효부 역시 기숙사 여행지에는 포함되지 않았다. 경효부는 가우리 전 지역에서 가장 서울에서 먼 곳이기도 했지만, 경효부와 가장 가까운 미열부와도 아무르강 때문에 서로 오가기 쉽지 않을 정도로, 외부와 단절되어 있는 곳이었다. 서울에는 4부 사람들이 드물지 않아도 경효부에는 4부 사람들이 드물어서, 경씨와 효씨를 제외한 다른 성씨를 찾아보기가 쉽지 않을 정도였다. 미열부와 마찬가지로 밀을 생산하고, 초명부와 반양부처럼 동물을 풀어 키우고, 반양부나 서울처럼 어머니가 중심이 되지만, 그 어떤 곳과도 같지 않은 곳이 바로 경효부였다.

경효부와 서울을 잇는 정기 항공편이 생긴 뒤 태학에서 오랫동안 학생들이 경효부의 문화를 경험할 수 있게 할 방법을 고민하다가, 졸업여행이 생겼다. 2부라고 묶어서 말하는 서울과 경효부의 차이도 느끼고, 한 학년 전체가 모두 같은 경험을 하는 기회도 가질 수 있게 하자는 거였다.

기숙사 여행마다 다른 목적지가 적힌 채로 기숙사 앞에 모였던 승합차들은 이번에는 똑같이 졸업여행이라는 글씨를 달고 같은 곳에 모였다. 기숙사별로 경서랑의 이모가 선물한 우유 술떡 상자가 나뉘었다. 기숙사생들은 이번에는 친한 사람들끼리 모여 원하는 차에 올라타고는, 서울에서 인기를 끌기 시작한 우유 술떡의 진짜 맛을 봤다.

공항까지 차로 이동한 학생들은 경효부 중앙공항으로 가는 이번 달 마지막 정기편 비행기를 탔다. 경효부의 북쪽, 경효부의 생명줄 아무르의 원류가 있는 효맥산은 한 학년 전체가 오르기에는 너무 험한 산이었고, 날씨에 따라서는 아예 안개가 짙어서 오를 수 없는 경우도 많았다. 이번에도 효맥산은 학생들을 산에 오르게 해주지 않았다. 안개가 산 중턱까지 짙게 덮고 있기 때문이었다. 학생들은 차와 비행기, 다시 승합차까지 총 일곱 시간에 걸쳐 아무르강의 북쪽 나루터에 도착했다.

서울 사람들은 경효부에 아무르강이 있듯이 서울에는 한강이 있다고 말하곤 했지만, 실제로 아무르강을 오가는 배를 타려고 나루터에 와본 학생들은 모두 그 말이 얼마나 잘못되었는지 깨닫게 됐다. 나루터에서는 강 너머의 풍경은 아예 보이지 않았다. 나루터는 항구, 아무르강은 바다라고 말하는 게 오히려 믿기 쉬울 듯했다.

"예전에는 아무르강을 건너 대륙으로 이동하거나 대륙에서 경효부로 들어오는 데 주로 배를 이용했기 때문에 시간이 많이 걸렸대. 요즘은 비행기는 정기 운항편으로는 주로 관광객이 이동하고, 물류용으로는 보통 무역청의 비행기 이용 신청을 해. 회사들이 모여서 비행기를 구매하기도 하고. 수용 무게와 부피를 대부분 화물용으로 확보한 비행기."

서랑이 안내원을 맡아 학생들에게 설명해주었다. 서랑의 이야기에서 빠진 건 경씨가 소유한 경비행기였다. 서랑의 이모들이 서랑을 방문할 때나 서랑이 경효부에 필요해서 데려가야 할 때 이용하는 비행기였다. 하지만 경효부의 경씨가 어떤 위치인지 위화감만 느끼게 할 수 있어서, 굳이 이야기하지 않았다.

"전에 한강에서 연등축제 했을 때, 기숙사가 거의 텅 빌 정도였는데 서랑이는 안 간다더니, 이런 강 보면서 자랐으면 한강은 시시하긴 했겠다."

"아냐, 1고등학교 유학 왔을 때부터 여러 번 가서 그랬지. 사람 많은 데 그렇게 안 좋아하니까."

"사람 많은 데 안 좋아했어? 태학 학생회 꼬박꼬박 참여하고 임원도 하고, 학생회 새 행사 기획하고 그랬던 경서랑이?"

"사람 많은 데 안 좋아해서, 기왕 사람 많은 데라면 진짜 즐거운 시간으로 만들자는 게 내 신념이거든."

"맞아, 서랑이 사람 많은 데 안 좋아해. 얘는 자기 침대에서 누워서 하늘 보는 걸로 하루를 보내고 싶다는 앤데 사람들이 잘 모르지."

서랑과 수아는 어느새 다른 학생들과 섞여 이야기를 나누고 있었다. 나루터에서 학생들은 각자 마음에 드는 풍경이 보이는 장소를 찾아서 강의 풍광을 즐기거나 사진을 찍었다. 여울은 그 어느 쪽에도 속하지 않고 강변을 무심하게 둘러보았다. 학생들의 이야기가 졸업 후 진로 이야기로 바뀌었기 때문이었다. 졸업을 앞둔 상태에서도 아직 진로를 정하지 못한 것은 여울만은 아니었다. 일단 학교에 남기로 하고 연구 계획도 세워두었지만 그래도 원서를 냈던 회사에서 추가 연락이 오면 뭐든 던져버리고 갈 거라는 친구, 학교에 남고 싶지만, 원하는 교수님은 거절했고 다른 교수님이 학교에 남으라고 권하는 상태인 친구, 회사 두 군데에서 연락이 왔는데 어느 회사에 갈지 결정하지 못하고 있다는 친구. 여울은 거기 있다가 자신의 장래 이야기로 다시 초점이 맞춰지는 걸 원하지 않았다.

"이경아, 왜 그래?"

은호가 놀라 외치는 소리에 여울은 목소리가 난 쪽을 쳐다보았다. 이경이 그 자리에 굳은 채로 서서 몸을 부르르 떨며, 뭔가 중얼거리고 있었다. 은호가 손을 뻗자, 서랑이 달려와 이경을 만류했다.

"건드리면 안 돼! 계시의 이능이야!"

이경의 떨림이 멎더니 이경의 눈에 서서히 초점이 돌아왔다. 이경이 은호와 서랑을 보더니 다급하게 서랑의 팔을 붙들었다.

"서랑아, 서랑아, 대피, 대피해야 해. 동해안이야. 지진해일이 와!"

경서랑은 고개를 끄덕이더니 곧바로 수첩을 펼쳐 전화를 걸었다. 이경은 전화기 옆에서 지진해일의 장소를 말했다. 경효부에서 바다에 가장 가까운, 거대한 발전 시설이 있는 효해지구였다.

"발전 시설 근처에 지진해일이라고? 6차 환란이야?"

"5차 환란에서 20년 주기는 끊어졌잖아! 지금 5차 환란에서 23년째라고, 이제 6차 환란은 없을 거라고."

"'태백 소요'에서 20년 째야!"

학생들이 웅성거리기 시작했다. 환란은 20년 주기

로 돌아왔고, 매번 다른 환란이 찾아왔다. 대환란은 대지진과 불의 비, 2차 환란은 가뭄과 가축병, 3차 환란은 폭우, 4차 환란은 괴질, 5차 환란은 대가뭄. 학생들은 20년 주기로 오는 건 알지만 어떤 환란으로 나타날지는 몰라 대비할 수 없었던 환란에 대해서 배웠다. 여태 한 번도 반복된 적이 없었던 대환란이 2차와 5차에서 가뭄으로 겹쳤으니 더더욱 예측이 어려워졌다고 했다. 그렇지만 5차 환란 이후 20년이 되던 해에는 아무 일도 일어나지 않았기 때문에 비로소 환란의 주기가 끊어진 게 아닐까 기대하기도 했다.

소수의 사람들이 말하긴 했다. 4차 환란의 괴질은 3년간 지속되었다. 5차 환란은 괴질이 완전히 소멸하고 17년 뒤에 일어난 대가뭄이 아니라 20년 후에 일어난 '태백 소요' 쪽이라고. 하지만 태백 소요는 기후에서 온 것이 아니라 가우리와 가람 사이의 분쟁이 원인이었으므로 5차 환란일 수 없다는 분석이 다수이긴 했다.

모두의 수첩으로 경보 알림이 왔다. 동해안의 모든 사람은 고지대의 대피소로 이동하라는 알림이었다. 곧 두 번째 알림이 왔다.

'지진해일에 도움을 줄 수 있는 이능력자들은 효해지구 효해산으로 모여주십시오.'

"긴급 알림망에 접속해서 단체 알림 발송했어. 도와주실 수 있는 분들이 있을지 몰라."

뒤에서 수첩을 들여다보고 있던 서아가 고개를 들고 말했다.

"이능은 없지만, 이런 건 할 수 있으니까."

"나, 물의 이능이 있어. 효해산에 가면 뭐라도 할 수 있을 건데."

여울이 말했다.

"나는 바람의 이능이 있어."

서랑이 말했다. 그때 강변에 강한 바람과 함께 날개가 회전하는 소리가 들렸다. 여울은, 태학 학생들이 하늘을 올려다보자 멀리서 경비행기 한 대가 날아와 일행들에게서 조금 떨어진, 강변에 마련된 경비행기 착륙장으로 하강했다.

"나도 갈게! 나는 흙의 이능이 있어!"

"나도! 나도 흙의 이능이야!"

"새로 계시가 올지도 몰라. 나도 같이 갈게."

태학 예비 졸업생들이, 경비행기에 앞다투어 탔다. 경비행기가 날아오르기 시작했다,

효해지구는 동해안의 물과 광물을 이용한 발전 시설이 대규모로 건설된 곳으로, 경효부의 발전한 정밀공업의 근간이 되는 지역이었다. 그만큼 전기를 이용한 공장도 많고, 산업 시설과 관련한 사람들도 많이 살고 있는 인구 밀접 지역이기도 했다.

사람들이 산 위로 대피하는 중에 경비행기는 발전소의 옥상에 내려왔다. 발전소는 첨단기술의 집약체였기 때문에, 혹시라도 지진해일로 발전소가 무너지게 되면 연쇄 폭발을 일으킬 수도 있었다. 아직 바다는 잠잠해 보였지만, 사람들은 알림을 의심하지 않았다.

"이경아, 너는 산으로 가는 게 좋겠어."

서랑이 말했다.

"왜? 나도 여기 있을 거야. 나도 이능이 있잖아!"

"계시는 여기보다 대피소 사람들에게 더 필요하잖아. 은호야. 이경이를 부탁해."

은호가 고개를 끄덕이며 이경의 허리를 끌어안더

니, 그 공간에서 사라지고 여울은 바다 쪽을 노려보았다. 파도는 평소와 별로 다르지 않아 보였다. 그때, 꿀렁, 하고 땅이 울렸다. 흙의 이능을 가진 친구들이 힘을 모았다. 처음 지진은 전조인 듯, 더 큰 움직임이 시작되면서 건물이 흔들리기 시작하다가, 주변이 흔들리는 데도 발전소 건물은 잔잔하게 움직이면서 중심을 유지했다.

바다가 출렁였다. 거대한 파도가 빠른 속도로 밀려오기 시작했다. 발전소를 그대로 덮고 옥상의 모두들까지 삼켜버릴 정도 높이의 파도였다. 그러나 경비행기에 타고 이 옥상으로 온 학생들 중에 먼저 떠난 이경과 은호를 제외하면 누구도 그 자리에서 물러서지 않았다. 어떻게 해야 하는지 여울은 배운 적이 없었다. 늘 숨겨야 했고, 쓰지 않았고, 쓰지 않으려고 했던 힘이었다. 다만, 기억하고 있는 건 한 가지였다. 어렸을 때 물에 빠지려고 했던 자신을 받쳐주던, 안전하게 자신을 다시 돌려보냈던 물살. 할머니에게서 어머니에게로, 그리고 자신에게로 이어진 물의 힘. 어머니는 가뭄에 물을 부르다가, 자신이 할 수 있는 방법으로 사람들을 구하려다가 목숨을 잃었다. 어머니는 아버지에게, 여울을 가람으로 데려가 달라고 부탁했다. 반양부 사람, 반씨 사람에게 이어지는 힘을 받은 자신을 왜 가람으로 데려가라고 했을까.

그건 어쩌면, 여울이 성장하기도 전에 그 힘을 받은 사람으로만 대할까 봐. 어머니에게 무슨 일이 생기면, 여울에게 다른 사람처럼 살아가는 경험을 할 기회가 아예 없어질까 염려해서가 아니었을까. 더 강한 힘의 아이가 태어나도록 상대를 정한 집안에서 혹시 여울을 후계자로만 대할까 봐. 물이 귀한 반양부가 아니면, 사철 물이 흔한 가람에서라면 여울은 힘을 쓰지 않고도 살 수 있을 테니까. 아버지는 실제로 여울이 힘을 쓰지 않도록 키웠으므로. 하지만 어머니라면, 사람들을 구하다가 목숨을 잃은 어머니라면, 여울이 사람을 구할 수 있을 때는 그렇게 하라고 말했을 것 같았다.

— 멈춰주세요, 진정해주세요. 제발, 내게 물의 힘이 있다면, 내 목소리를 들어주세요.

여울이 간절히 속으로 부르짖으며 바다로 손을 뻗었다.

— 어서 오렴, 초원의 아이들아.

어렸을 때 들었던 것과 비슷한, 깊게 울리는 목소리가 마음속으로 들려왔다. 여울은 옆을 돌아보았다. 은호가 언제 왔는지 옥상 위로 돌아와 있었다. 처음 보는 세 사람과 양기현이 함께였다.

— 물의 힘을 이은 아이들이여. 너희의 목소리를 우리는 듣는다.

파도가 일렁이며 물방울이 튀어 여울에게 닿았다. 서늘하고 기분 좋은, 다정한 감각이 얼굴을 감싸는 기분이었다. 지진해일의 강한 바람이 아닌, 살랑이는 바람이 얼굴에 닿고 있었다. 여울은 자신의 옆에서 하늘을 향해 손을 뻗고 있는 서랑의 모습을 옆눈으로 보았다. 여울이 지금 바다의 목소리를 듣고 있는 것처럼, 서랑은 바람의 목소리를 듣고 있을 것이었다.

완전히 파도가 잦아들고 땅의 움직임이 멈춘 것은 모두의 이능이 모이고도 세 시간이 지나서였다. 그동안 산 위의 사람들은 거대한 파도가 발전소 바로 앞에서 벽처럼 멈추었다가 점점 잦아드는 것을

멀리서도 볼 수 있었다. 땅의 이능이 발전소와 폭발 위험이 있는 건물들을 지켰기 때문에 잠시 후 파도가 평소처럼 낮아지고 몇 차례의 작은 땅울림이 이어진 뒤, 대부분의 주거 건물이 전파되었어도 산업시설의 건물을 형태를 유지하고 남아 있는 묘한 폐허가 남았다. 지진해일이 완전히 멈췄다는 것이 알려지고 경비행기가 다시 발전소 옥상 위로 나타났을 때 옥상 위의 이능력자들은 거의 기력을 소진해 여울처럼 기절하거나 주저앉아 있는 상태였다. 구조단이 이능력자들을 경비행기에 태우고 종합병원으로 옮겨가고, 경효부는 복구작업이 시작되었다.

여울은 닷새 후에 병원에서 깨어났다. 먼저 깨어난 서랑과, 계속 병원에서 모두를 살폈던 수아가 여울이 깨어났다는 걸 의사에게 알렸다. 양기현은 벌써 깨어나 병원을 떠난 뒤였다.

"태학 졸업여행 일정이 학교 게시판에 떠 있어서, 너 만날 수 있을까 하고 오셨던 길에 알림을 봤다고. 네가 지진해일 앞에서 맞서고 있는 걸 보니까, 안심이 되셨다고 하더라."

"네가 물의 이능을 갖고 있는 걸, 물이 말해줘서

알았대. 그런데 너는 그걸 싫어하는 것 같아서, 어떻게 도와줄 수 없을까 해서 마음에 걸려서 왔다고. 근데 파도에 맞서는 거 보곤 안심이 됐대. 자기가 아무 말 안 해도 될 것 같대."

서랑과 수아가 여울에게 양기현의 말을 전했다.

"효해지구는 어떻게 됐어?"

"연쇄 폭발은 잘 막아냈고, 건물들은 수리와 보강에 들어갔고, 무너진 건물들도 복구 중이야. 이웃부에서도 사람들이 와서 복구를 돕고 있고. 하지만 동해안에 계속 지진해일이 조금씩 나타나고 있어서, 그동안 경효부로 모여든 이능력자들은 그걸 막으러 다니는 중. 아직 잘 싸우고 있대. 동해안 다른 지역은 주거지도 산업 시설도 적은 편이고, 대피도 사전에 잘 피해서 재산 피해는 있지만 인명 피해는 아직 없어."

수아가 전국으로 발송한 알림을 보고 멀리서도 모여든 이능력자들이었다. 거대한 파도의 벽을 막아서고 있는 이능력자들의 모습을 멀리서 촬영해서 전국 게시판에 올린 사람들이 있어서, 태학의 이번 졸업생들은 6차 환란을 막아낸 영웅으로 벌써부터 불리고 있었다.

"전부터 난 6차 환란이 어떻게 올지 조사하고 있었어. 대환란부터 4차 환란까지 한 번도 중복된 적이 없는데 5차 환란이 가뭄으로 중복되었으니까 이상하다고 생각했지. 게다가, 5차 환란에서 20년이 되었는데 아무 일도 없는 것도 그렇고. 하지만 4차 환란이 종료된 시기부터 20년을 주기라고 생각하면, '태백 소요'가 5차 환란이 되니까, 그럼 6차 환란은 올해 오게 되는 거였지."

"5차 환란은, '증오'였구나."

여울이 말했다. 둑을 쌓은 것이 필요에 의한 것이라는 걸 믿지 못하고, 비행기의 추락이 사고라는 걸 믿지 못하고, 서로가 서로에게 책임을 돌리며. 4차 환란까지 환란이 끝나고 나서도 대륙이 완전히 예전으로 돌아가기 위해서는 20년의 시간이 오롯이 필요했다. 5차 환란의 아픔은 아직 끝나지 않았지만 6차 환란은 20년의 주기에 맞춰 나타나고 말았다.

"6차 환란도 결국 20년에 맞춰 왔으니까, 이젠 7차까지 20년이네."

수아가 중얼거렸다. 여울은 아직도 기계장치라고

는 믿을 수 없는 수아의 손과 팔을 보고, 서랑을 보았다.

"하지만, 6차엔 아무도 잃지 않았잖아. 그러니까 다음번에는 더 잘 막을 수 있을 거야. 그렇지 서랑아?"

"더 빠른 이동기관이 필요하다고 벌써 어머니께 말씀드렸어. 경효부는 다음 20년을 지금부터 준비할 생각이야."

여울은 아버지에게, 세목에게, 자신의 가족들에게 편지를 써야겠다고 생각했다. 자신은 여기서 뭘 하면 좋을지 좀 더 찾아보려고 한다고. 경서랑이 7차 환란을 대비하는 것을 돕고, 5차 환란 이후에 아직도 응어리가 남아 있는 두 나라 사이의 관계에 자신이 할 수 있는 일이 뭐가 있을지도 생각해 볼 거라고. 물의 힘을 사용하는 법을 배울 스승님도 벌써 찾았다고 하면, 가족들은 분명 기뻐해줄 것이다.

〈끝〉

작가의 말

조금 불편한 이야기

이 이야기의 출발은 어느 날의 작가 모임 단톡 방이었습니다. 자신이 쓰고 싶은 이야기를 두서없이 하던 중이었던 걸로 기억합니다. 그 방에 있는 사람들 모두 마음 속에 언젠가 쓰고 싶은 이야기를 품고 있었어요. 재미있게 읽은 앤솔러지 이야기도 했고, 이런 주제의 앤솔러지 어떻냐고 말도 나누고. 10년 넘게 맘에 품고 있는 이야기가 있다는 말도 나왔지요. 그런 이야기를 듣고 있다가, 문득, 오래 전에 생각했던 이야기가 불쑥 떠올랐습니다. 역사가 수많은 갈림길을 지나 현대에 도달했을 테니, 그 시점 중의 어느 한 시점이 전혀 예상 못한 방향으로 흘러갔다면 현대는 어떻게 되어 있을까, 그런 상상 중의 하나였습니다. 좀 많이 지나간 방향이었죠. 서구 문명이, 라틴어계를 뿌리로 하는 그 넓은 지역이 없었다면, 내가 살고 있는 현대는 어떤 모양을 하고 있을까? 이런 상상이었거든요. 서구에서 발명된 물건이 존재하지 않은 채일까요. 아니면 지금 현대와 그리 다르지 않은 모습일까요. 그래서 생각해봤습니다. 1차대전과 2차대전이 모두 없고, 영어는 공용어가 아니고, 사물은 모두 고유어의 이름을 가지고 있고. 하지만 그 세계에도 세계대전이 아닌 무언가의 고통이 세계를 강타한 적이 있을 겁니다. 그렇게 단톡 방에서의 실마리가 오래 전의 꿈을 건드리면서 저는 이 이야기를 시작하기로 마음먹었어요. 태블릿PC와 핸드폰과 드론과 헬기와 컴퓨터 등등은 비슷한 게 존재하지만, 그런 이름으로 불리지 않는, 어떤 부분에서는 지금보다 더 발전해 있지만, 그렇다고 완전히 이상적인 세계는 아닌 세계의 이야기를.

그리고 다음 날, 신기하게도 아작 출판사의 메일을 받았습니다. 저는 이런 우연을 좀 많이 좋아해요. 이야기를 써야겠다 마음먹은 다음 날 메일이 왔으니, 이건 이 이야기를 완성하라는 뜻이구나, 그렇게 아직 막연하게만 잡힌 세계의 이미지만을 가지고 저는 글을 쓰겠다고 답했습니다.

그리고 세계를 만들고, 막연한 이미지를 가지고 단편을 써보니 좀 더 분명해졌습니다. 처음 태어난 건 경서랑 남수아였고, 이 둘의 이야기였어요. 그리고 세계를 더 다듬어가면서 첫 원고를 완성했습니다. 첫 글은 여러분이 보신 글엔 없는 인물도 있고, 이야기의 흐름도 다르고, 결말도 달라요. 뭔가 고치고 싶은데 어떻게 고치면 좋을까 고민하다가 원고를 보냈고, 마음에 걸렸던 부분(인물이 많고 등등)과 함께 피드백이 와서, 처음부터 새로 글을 쓰기로 했습니다. 인물을 줄이고, 3인 중심의 이야기가 되고, 두 나라의 모습은 조금 더 선명해졌던 것 같아요. 그리고 여섯 성의 구성이나 설정이 수정되고, 이야기도 바뀌고, 그렇게 크게 두 번을 고쳐 쓴 이야기가 지금의 〈여섯 성의 나라〉가 됐습니다. 그래서 꽤 오래 시간을 잡아먹고 말았습니다. 기다려주신 출판사 분들께는 송구한 마음입니다.

고치면서 염두에 둔 목표가 있어요. 안온하지 않은 이야기, 제가 지금까지 잘 쓰지 않았던 이야기, 좀 불편한 세계의 이야기를 하자는 것이었습니다. 제가 글을 써오는 동안 퍽 많이 들은 말이죠. '다정하고 따뜻한 이야기.' 안온한 이야기도 좋아하지만, 이번에는 조금은 거기서 벗어난 이야기를 쓰고 싶었습니다. 조금 불편한 이야기라고 하면 될까요. 10대에서 20대까지의 청년들이 세계와 부딪히면서 자신이 살고 있는 세계의 불편함을 느끼게 되는 이야기를 써보자는 거였습니다. 부모님 밑에서 살면서 '어른이 된다는 것'에 대해서 막연하게 느끼기만 하다가 실제로 가족의 품을 떠나서 살아가게 되는 시기에, 전혀 다른 환경의 사람들과 마주치고, 전혀 다른 세계를 접하면서 지금까지 당연하게 생각했던 게 그렇지 않을 수 있다는 걸 생각하게 되는 이야기. 이렇게 말하니까 조금 거창할까요. 사실 완벽한 세계가 없는 이상, 어른이 되면서 새로 알게 되는 것은 고전에서 말하듯 마치 알을 깨는 것과 같아서, 세계가 송두리째 무너지는 것 같은 경험이 될 수도 있는 거니까요. 그리고 그건 너무 두렵고, 도망치고 싶은 이야기인 경우도 있죠. 실체를 알 수 없는 진실이라는 건, 때로 최악을 상상하며 결코 알고 싶지 않다고 느끼게 되기도 하니까요.

지금 당연하게 받아들이는 것들이 당연하지 않은 세계를 그려보려고 했기 때문에, 여섯 성의 나라인 가우리의 여섯 성의 풍습 중엔 낯선 것도 있을 것 같아요. 하지만 대부분은 다 세계 어딘가 실제로 있었던 풍습입니다. 대부분 자연환경과 밀접한 관계가 있는 것들이죠. (이런 풍습이나 기후를 보면서 여러분이 상상하는 나라가 있다면 아마 그 나라가 맞을 겁니다. 여러분이 상상하는 나라가 너무 나쁘게 그려진 게 아닌가 싶으시다면 아마 그 나라가 아닐 거예요.) 가우리는 넓은 대륙 안에 다양한 자연 환경이 있어서 그런 다양한 문화가 자연스럽게 뿌리내렸습니다. 과학 기술이 발전했고 사람은 귀해서, 신체적인 문제를 해결하기 위한 보조장치도 자연스럽게 활용되는 세계지요. 시각장애인이 아니라 시각장애를 보조하는 장치를 쓰는 사람, 말을 못 하는 사람이 아니라 입력기와 출력기로 대화하는 사람. 그들이 자연스럽게 살아가고 있는 사회예요. 그렇다고 가우리가 완벽한 나라인 건 아니고요. 누군가는 우리 성이 최고다 주장하는 사람들도 있고, 자기 고장에서의 풍습이 세계의 진리라고 생각하는 사람들도 있고, 어른들이 다 어른스럽지도 않으니 각 성의 어른들끼리 사이가 나빠지기도 할 거고. 그렇게 가우리는 여러 가지 문제를 안고 있을 겁니다. 가람도 그렇고요. 하시 문제도 폭탄처럼 안고 있고. 두 나라가 금방 사이가 좋아질 것 같지도 않아요. 20년마다 환란은 다시 일어날 거고, 다음 환란이 뭐가 될지 계속 두려워할 거고요. 적어도 다음 환란이 증오는 아니겠지만.

그래도 두렵고 불편한 세계를 조금이라도 나은 방향으로 만들어가는 건 결국 사람들이죠. 절대로 완전하지 않은, 도망치기도 하고, 오해로 상처 입기도 하고, 외로워지기도 하는 사람들이 모여서 뭔가를 바꾸어 갈 수 있다고 믿습니다. 가우리의 반여울, 경서랑, 남서아, 송이경, 가람의 이세목이 어른이 된 세계는 이 이야기가 그려낸 현재와는 조금 다를 거라고요.

참 오래 걸려서 이 이야기가 비로소 여러분들 앞에 닿았습니다. 제 전 글을 아시는 분들은 조금 낯설게 느껴질 수도, 어쩌면 저다운 이야기라고 느끼실지도 모르겠네요. 저에게는 아주 긴 길이었습니다. 여러분이 아주 잠깐 머물며 생각에 잠겨주시면, 제가 만든 불편함을 잠깐 생각해주신다면, 저는 참 기쁘겠습니다.

구한나리

dot.24
여섯 성이 사는 나라

초판 1쇄 발행　2025년 9월 10일

지은이	구한나리
펴낸이	박은주
디자인	김선예, 이다솔, 이수정
마케팅	박동준

발행처	(주) 아작
등록	2015년 9월 9일 (제2015-000140호)
주소	10542 경기도 고양시 덕양구 청초로 19 아이에스비즈타워센트럴 A동 707호
전화	02.324.3945-6　　**팩스**　02.324.3947
이메일	arzaklivres@gmail.com
홈페이지	www.arzak.co.kr
ISBN	979-11-6668-824-9　04810 979-11-6668-800-3　04810 (세트)

© 구한나리, 2025

책 값은 표지 뒤쪽에 있습니다.
잘못 만들어진 책은 구입하신 서점에서 교환해 드립니다.